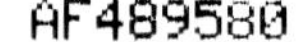

AF489580

الإهداء

الأشخاص الكثيرون الذين دعموني في حياتي، لكن يظلُّ أبي العزيز الذي رحل عنَّا وترك وراءه ذكرياتٍ ترسم الابتسامة على وجوهنا، وتعزف الأمل في قلوبنا.

هذه الرواية ترفع راية الاحترام والامتنان لروحك الطاهرة، وللحنان الذي لا يزول.

لقد كنتَ لي معلِّمًا وصديقًا ودعمًا لا ينضب، وحضورك الروحي لا يزال يلفُّني بالدفء والسلام.

أهديك هذه الرواية كتكريم لروحك النبيلة؛ لأنَّك كنتَ نموذجًا للقوة والإلهام، ولأنَّكَ كنتَ ولا زلتَ تسكب الحب والحكمة في حياتي.

تُعَدُّ هذه الرواية تكريمًا لِذِكراك وأفكارك وتضحياتك، وتأمُّلاتك التي كانت تحفر في ذهني وتشكِّل شجاعتي.

أعلم أنَّك لن تكون هنا بجسدك لتقرأ هذه الكلمات، ولكنَّني أمنحك صوتًا في هذه الرواية، صوتًا يحمل رسالة الحبِّ والامتنان والشكر الذي لا ينتهي.

أنت تعيش في ذاكرتي وفي كلِّ صفحة مِن هذه الرواية، وستظلُّ روحك ترافقني طوال رحلة الكلمات والأحداث؛ لذا فلتكُن هذه الرواية عربونًا للحنين والاشتياق والوفاء، ودليلًا على أنَّ حبَّ الأب يظلُّ خالدًا ولا يعرف الحدود الزمانية.

فلتحلِّق روحك بين صفحاتها، وتجول في عوالمها، لتبقى محفورة في قلبي إلى الأبد.

عرفات سيف الكعبي

لغز لوبيتا

رحلة في عمق التاريخ

AUSTIN MACAULEY PUBLISHERS™

LONDON • CAMBRIDGE • NEW YORK • SHARJAH

الرقم الدولي الموحد للكتاب 9789948765073 (غلاف ورقي)
الرقم الدولي الموحد للكتاب 9789948765066 (كتاب إلكتروني)

رقم الطلب: MC-10-01-9555032
التصنيف العمري: E

الطبعة الأولى: 2024
أوستن ماكولي للنشر م. م. ح
مدينة الشارقة للنشر
صندوق بريد [519201]
الشارقة، الإمارات العربية المتحدة
www.austinmacauley.ae
+971 655 95 202

الفهرس

"سوف يتغيَّر التاريخ فقط متى استطعنا استخدام طاقة الحب،

تمامًا كما نستخدم طاقة الريح والبحار والذرَّة".

[باولو كويلو- فنان وكاتب روائي]

الحرية الحقيقية

الواقع أنَّنا نخطئ حين نعتقد بأنَّ الصواب والخطأ يتعلَّقان فقط بإيجاد الحلول ولا يجتمعان إلا مع الحلول.

هذه الفكرة المسبقة هي فكرة اجتماعية؛ لأنَّ المجتمع واللغة التي تنقل منه الأوامر يعطياننا مشكلات جاهزة، ويفرضان علينا أن نحلَّها عبر ترْك هامش ضيِّق مِن الحرية، وأكثر مِن ذلك أنَّنا عندما يكون المعلِّم هو الذي يعطي المشكلات والمَهام لطلابه لكَي يكتشف حلَّها، وبذلك يجري إبقاؤهم في نوع مِن العبودية.

الحرية الحقيقية تكمن في قدرتنا على اتِّخاذ القرار وعلى تشكيل المشكلات بحدِّ ذاتها، وهذه القدرة ستؤدِّي إلى اختفاء المشكلات الزائفة، وهنا يمكن تطبيق فلسفة الكاتب: "مررتُ مِن هنا مثلما مررتُ مِن هناك".

عبارة لطالما ردَّدتُها في حياتي، ولطالما اطَّلع عليها الكثير مِن المقرَّبين، ولكن للأسف قلَّما يسألوني عن معناها.

مررتُ مِن هنا بين الأزقَّة والممرَّات، ومررتُ مِن هناك متخوِّفًا مِن ظلمة الطرقات، مررتُ مِن هنا حاملًا أهدافي، ومررتُ مِن هناك لتغيُّر أهدافي، مررتُ مِن هنا حاملًا تطلُّعات المستقبل، ومررتُ مِن هناك منزويًا بعثرات الماضي، مررتُ مِن هنا متحلِّيًا بخبرات الماضي، ومررتُ مِن هناك مندفعًا بروح العلم، مررتُ مِن هنا لصياغة فلسفة مِن التَّناقضات، ومررتُ مِن هناك في عالم متوازٍ، مررتُ مِن هنا مثلما مررتُ مِن هناك، ولكن ماذا بين الاثنين؟

في هذا العالم لا يوجد مقياس للصواب والخطأ يمكن اعتماده بشكل عام، فتختلف المواقف وتختلف المعطَيات مِن شخص لآخَر، متسبِّبةً في كميَّة مِن التَّناقضات التي يجب علينا التَّعامل معها، بحيث يشكِّل الزمان والذاكرة والسلوك البشري وغيرها مِن المعطيات فلسفة خاصَّة لكلِّ إنسان لكَي يتعامل معها مِن خلال حدسه أو المنهج الذي يتبعه.

مِن خلال هذه الرواية سيتمُّ سرد تاريخي لبعض الأحداث لمجموعة مِن الحضارات، مع إضافة بعض الأحداث الخيالية

المترابطة والمتناسقة مع فلسفة الكاتب عبر سلسلة مِن التساؤلات المثيرة التي تحتاج إلى إجابة.

الفصل الأول

في عالمٍ مليءٍ بالمفاجآت والتحدِّيات، لا يمكن توقُّع أي شيء، تجربة الحياة تعلِّمنا أنَّ الأحداث تتسارع وتتداخل بطرق لا يمكن تصوُّرها، وفي هذه الرواية ستنغمس في عاصفةٍ متلاحقة مِن الأحداث المثيرة، تجبرك على الابتعاد عن راحة الروتين، وتحملك بين صفحات الغموض والإثارة.

استعِدّ لرحلةٍ مليئة بالمفاجآت، حيث لا يمكن التنبُّؤ بما سيحدث بعد لحظة.

الفصل الأول
أحداث متسارعة

رحلة في عمق التاريخ أو رحلة في أعماق التاريخ، لَم ولن نختلف على العنوان، حيث تمَّ توثيق هذه الأحداث بعد رحلة شاقَّة مِن البحث عن الكنوز المَخفية، ومواجهة تحدِّيات لَم أتصوَّر حدوثها على أرض الواقع.

رحلة في عمق التاريخ، يمكن أن تكون هذه الرحلة مِن أغرب الرحلات التي خضتُها في حياتي التي لا أعرف كيف أصفها؛ فهي عبارة عن قصة مِن الخيال، رحلة يكتنفها الغموض.

بدأت أحداث هذه القصة في 12 إبريل مِن عام 2011م عندما شكَّل جان فريق البحث عن الكنوز المفقودة.

"إمبراطورية الأزتيك" هذه العبارة التي نطَق بها جان في أول اجتماع لفريق البحث الذي يتكوَّن مِن مجموعة مِن العباقرة، أو بالأحرى مِن المجانين:

- سارة / الطبيب النفسي صاحبة الابتسامة الخبيثة.

- روجرز / المحارب القديم الذي يتمتَّع بالصلابة نتيجة الحروب التي خاضها مع الجيش الأمريكي.

- ريتشارد / عالِم الأحياء الذي لا أعلم سبب وجوده في الفريق.

- ألبرت / الباحث التاريخي في حضارة الشعوب.

- ستيف وماريا / العاشقان المغرمان اللَّذان يتسبَّبان بالمشكلات دائمًا.

- ماتيوس/ آخِر المنضمِّين لفريق المغامرين.

دعونا نعود إلى القصة..

وسط الأجواء الحاسمة التي يبدو عليها الرسمية والحزم، وقف جان طويل القامة، صاحب العينين الحادَّتَين، وبشرته الخمرية، والجسد الرياضي الممشوق، قائد المجموعة، في مقدِّمة طاولة الاجتماع، تظهر عليه معالم القيادة بدون شرح، فوقْفَتُه الآن وسط هذا الاجتماع تجيد وصفه.

قام بقطع هذا الصمت المُهيب في قاعة الاجتماع وقال بصوت حازم:

- اليوم سنبدأ رحلتنا التي ستغيِّر العالم، اليوم سنستهدف إمبراطورية الأزتيك وكنوزها، هذه الحضارة التي حكمَت معظم مناطق المكسيك، وتمثِّل أعلى نقطة تطوُّر لحضارات الأمريكيَّتَين، فإذا كنتم معي فستكون هذه الكنوز مِن نصيبنا.

لَم يطُل الصمت حتَّى أكمل بعده الحديث رفيقه ألبرت:

- تركَّزَت حضارة الأزتيك في وادي المكسيك ووسطها حتَّى شرق خليج المكسيك، وجنوبًا إلى غواتيمالا.

فقاطعه ستيف ساخرًا:

- وهل سنذهب إلى هناك للبحث عن المخدِّرات أم الكنوز؟

فنظر له كلُّ المجتمعين بتعجُّب مِن تعليقه غير المناسب، ليقطع هذه النظرات صوت روجرز الأجشُّ والخشن، وبنظرات متوعِّدة غاضبة:

- هل يمكنكَ التزام الصمت؟ ألا يكفي أنَّكَ كنتَ على وشك أن تلقي بنا إلى التهلكة في الرحلة الماضية بسبب مغامراتك العاطفية؟! فإذا لَم تصمت سأهشم رأسك الكبير الفارغ هذا.

ليقاطع جان هذه المعركة بصوت أكثر حزمًا:

- ألا يمكن أن نركِّز في مهمَّتنا بدلًا مِن التفوُّه بالتُّرَّهات؟! يمكننا ترك تهشيم الرأس لوقتٍ آخَر يا روجرز، الآن يمكننا التركيز فيما ننوي فِعله.

ثمَّ أعطى (جان) إشارة لألبرت باستئناف حديثه عن المهمَّة ليردف قائلًا:

- كلمة الأزتيك تشير إلى كلِّ الشعوب التي أسَّسَت هذه الإمبراطورية وأطلقوا على أنفسهم "مكسيكا" أو "تينوشكا" ولكلِّ مَن ينطقون بلغة "الناهواتل" التي كانت تعيش في وادي المكسيك قبل الاحتلال الإسباني.

ليقاطعه روجرز مرَّة أخرى ويقول بنفاد صبر:

- وما نهاية هذه المعلومات الغريبة؟! ألا يمكننا أن نبدأ رحلتنا ونعرف تلك المعلومات في طريقنا؟!

لينفعل فجأة جان ويقول بانفعال وغضب:

- ما هذه التصرفات الطفولية؟! سأعيد تشكيل فريقٍ آخَر أكثر جديَّة وعمليَّة، لقد سئمتُ منكم.

ثمَّ غادر غرفة الاجتماع بعصبية وانفعال وسط ذهول ونظرات التعجُّب مِن الجميع، فالسؤال لا يستدعي ردَّة الفعل

المبالَغ فيها، ولكنَّهم قدَّروا موقفه وأنَّه بصدد رحلة طويلة، والمهمَّة هذه المرَّة لا تبدو سهلة أبدًا.

وبدأت تساؤلات الحاضرين منهم ريتشارد عالِم الأحياء الملتزم، الذي يستطيع قراءة مشاعر الآخَرين وفَهمَها، إنَّه مستقِلٌّ وقويُّ الشخصية، ولا يقبل أن يكون تابعًا مساندًا للآخَرين، وهذا بالضبط ما يحتاجه الفريق.

قال بصوت متعجِّب مِن أسلوب جان:

- كيف ينفعل جان بهذا الشكل ويتركنا ويغادر؟! الأمر لا يستحقُّ هذه المبالَغة في ردَّة الفعل.

لتستأنف الحديث ماريا التي تشارك ستيف مغامراته الغرامية وتقول:

- إنَّني لأول مرَّة أرى جان بهذا الشكل.

حتى جاء الدور على سارة الطبيبة النفسية صاحبة الابتسامة الخبيثة، فقالت بهدوء:

-أنا لا أتعجَّب مِن ردِّ فِعل جان، ألا تذكرون سبب خسارته لتاج القطرين [1] والصولجان [2] برحلاتنا السابقة؟ ألَم يكن

____

1- تاج القطرين لدى الفراعنة، إنَّما هو رمز على أنَّ الفرعون هو حاكم للقطرين المصريَّين، حيث إنَّه وبمجرَّد أن تمَّ توحيد القُطرين المصريَّين على يد الملك مينا نارمر، قد تمَّ تجميع كلٍّ مِن التَّاجين، التاج الأبيض والتاج الأحمر، ليكون كلٌّ مِن التَّاجين رمزًا لأحد القُطرين، قُطر الشمال وقُطر الجنوب.
2- معنى الصولجان، ومنه: صَوْلَجانُ المُلْك: عصا يَحْملها المَلِك ترمز لسلطانه.

السبب في ذلك الفشل هو نقص المعلومات التاريخية التي كنَّا نجهلها؟ إنَّه الآن يريد إعادة تصحيح الأخطاء حتى ننجح في مهمَّتنا التالية، إنه شخص دقيق ويريد تحرِّي الدقة هذه المرَّة، فبدلًا مِن التَّعجب يمكنكم التركيز وإبداء الاهتمام أكثر مِن هذا.

دخل جان الغرفة مرَّة أخرى، ولَم تختفِ معالم العصبية والغضب مِن وجهه أو صوته، فوقف في مقدِّمة طاولة الاجتماع مرَّة أخرى، ليبدو على الجميع علامات الترقُّب لِمَا سيقوله جان الذي أخذ نفَسًا عميقًا ليقول بصوت حاسم:

- إنَّها ليست مهمَّة عادية، وهذه الاستهانة التي وجدتُها في بداية الاجتماع سأضع لها حدًّا الآن عندما أخبركم بالحقيقة وسبب هذا الانفعال، سأتشارك معكم الحقيقة التي لا أستطيع تحمُّلها وحدي، لعلَّكم تعطون للأمر أهمِيَّته وهَيبته.

ليُقاطعه ألبرت حتَّى لا يكمل حديثه بانفعال:

- أنتَ لستَ بحاجة إلى أن تخبرهم بالحقيقة يا جان.

ليقاطعهم روجرز وهو يرتشف الشاي في لا مبالاة:

- هيَّا أخبِرنا أيُّها القائد، ما الذي تخفيه عنَّا؟

ليسألهم جان مستنكِرًا:

- هل تعلمون مَن الذي اختاركم لهذه المهمَّة؟ لستُ أنا وحدي، وهل تعلمون مَن الذي يقوم بتمويلنا؟ ومَن الذي يعطينا الإشارة والمعلومات لنبدأ رحلاتنا ومغامراتنا؟

بدأت تظهر علامات التساؤل على الحاضرين، ولكن بدأ وجه جان في الشحوب، وبدأ ببلع ريقه، تسارعَت ضربات قلبه، وفجأة ارتطم جسده الضخم بالأرض بعدما فقدَ وعيه!

ركض نحوه جميع مَن كانوا في الغرفة في فزع، واستدعَوا الطبيب في الحال للاطمئنان عليه.

وبعد أن حضر الطبيب وخرج مِن غرفة جان ركضوا نحوه لمعرفة سبب ما حدث، وما هي حالته الآن، ليمتنع الطبيب عن الإجابة، ولكن كلّ مَا قاله: "إنَّ جان يحتاج إلى الراحة وعدم الإزعاج، ويفضِّل ألَّا يدخل عليه أحد الآن".

فبدأ الجميع بالنَّظر إلى ألبرت الذي يبدو عليه أنَّه يخفي شيئًا يجهلونه، ليقول لهم:

- سنتحدَّث لاحقًا، دعونا الآن نطمئنّ على جان.

ثمَّ وجَّه الطبيب حديثه إلى ألبرت:

- هذا هو العلاج اللازم، ويجب أن يريح تفكيره، يبدو عليه أنَّه تعرَّض للإجهاد العقلي، إنَّني أعرفه، لقد كان معي في

الجامعة، وبرغم اختلاف الاختصاصات كان يجيد تعلُّم كلِّ شيء وفي جميع العلوم حتَّى وإن لَم تكن في اختصاصه، قلتُ له يومًا إنَّ عقلك سيكون سببًا في قتلك يومًا ما، أرجو أن تهتموا بحالته جيِّدًا.

ثمَّ غادر بهدوء، ولكن وسط ذهول الحاضرين.

ثمَّ بدأ ألبرت في توجيه المهامِ الخاصَّة بالعناية بجان وقال:

- اذهب يا روجرز لإحضار هذا العلاج على الفور، وأنتِ يا سارة قومي بتحضير وجبة طعام صحيَّة، وأخبِريني عندما تنتهين لأدخلها لجان، وبعد أن تنتهيَا، لا أريد أن أرى أي شخص يأتي إلى منزل جان حتَّى يقوم مِن وعكته، فأنا لا أريد خسارته بسبب حماقاتكم، وعندما يتحسَّن سيقوم باستدعائكم مرَّة أخرى.

وهنا تعجَّب ستيف وقال معترضًا:

- ولماذا لا تخبرنا بما يشكُو منه جان؟ ألسنا فريقًا واحدًا ويجب أن نعرف الحقيقة مثلك؟! ونريد أن نعرف إلى متى سوف تمنعنا مِن الدخول إليه؟

ليخبره ألبرت بحزم وانفعال:

- لقد قلتُ ما عندي، وليس لديَّ قولٌ آخَر، يمكنكم العودة مرَّة أخرى بعد أسبوعين.

لتثير جملته الأخيرة تعجُّب الجميع مرَّة أخرى، وتقول ماريا:

- أسبوعين؟! ألَم تقُل إنَّه مجرَّد إجهاد؟! لماذا أسبوعين؟! إنَّها مدَّة طويلة على مجرَّد إجهاد، هل تخبّئ علينا شيئًا عن حالة جان الصحية؟

نظر إليها ألبرت بعنف، وقال بنفاد صبر:

- ألا يمكنكِ أن تكفِّي عن الثرثرة؟! ألا يكفيكِ ثرثرتكِ مع عشيقكِ ستيف الذي لا يجيد سِوَى مغازلتكِ؟!

لينفعل عليه ستيف، ولكن قاطَع تلك المشاحنات تنهُّدات روجرز الذي دخل وهو يلهث:

- لقد هرب جان مِن نافذة الغرفة، لقد رأيتُه يهرب ويركب سيارته بسرعة، ولَم أستطِع اللّحاق به.

- ما هذا التصرُّف الغريب وغير المبرَّر؟

كان هذا هو السؤال المشترك في أذهان الجميع، ولكن بدون إجابة واضحة.

خرج روجرز وماتيوس للبحث عن جان بوجوهٍ متعبة وتعبيرات مشدودة.

القلق يلوح في أعينهما وعرق يتكوَّن على جبهتهما، مع توتُّر ينعكس في تواصل حركات جسدهما أثناء القيادة.

- إنَّ السيارة مزوَّدة بجهاز تتبُّع، وسنصل إليه في النهاية، قال ماتيوس بصوت متوتر وهو يحاول التركيز على الطريق.

استجاب روجرز بتعابير غير مُؤكَّدة على وجهه؛ حيث يتأرجح بين الأمل والقلق، ويتحسَّس عصا الجير بقلق وهو يحاول الوصول إلى جان.

بعد مرور خمسة أميال، رأوا سيارة جان متوقِّفة أمام مطعم، تبادلا نظرات سريعة تعبيرًا عن الارتياح والفرح بالعثور على جان.

دخلا المطعم على عجل، حيث رأيا جان جالسًا على طاولة طعام، ينظر إليهما بابتسامة غامضة.

وفي تلك اللحظة كانت تعابير روجرز وماتيوس تتغيَّر بالكامل، حيث تحوَّلَتِ التوتُّرات إلى ابتسامات عريضة وابتهاج، تنفَّسا بصعوبة وأخذا يتمسَّكان بأذرع بعضهما البعض، وكان جسدهما يفيض بالراحة والسعادة الغامرة؛ لأنَّهما وجدا جان بسلامة وبلوحة مشرقة على وجهه.

هذا اللقاء غير المتوقَّع أمدَّهما بالأمل والتَّواصل العاطفي، حيث ينبعث منهما جاذبية قويَّة تعبِّر عن الفرحة والتعاطف والتقدير المتبادَل.

دخلَا مسرعَين إلى الداخل، ليجدَا جان جالسًا على طاولة طعام وينظر إليهما بابتسامة عجيبة، ويشير لهما للانضمام له، ولكنَّه لَم يكن وحده، لقد كان برفقة الطبيب الذي كان يحتسي طبقًا مِن الشوربة في عدم اكتراث.

ذهب روجرز وماتيوس إليه متعجِّبَين مِن هذه التصرفات الطفولية التي لا تليق بقائدهما، جلسا في استفهام وقال روجرز متعجِّبًا:

- ما هذه التصرُّفات يا جان؟ لقد قلِقنا عليك وأنتَ هنا لا تهتمُّ لأمرنا، ما سِرُّ هذه التناقضات التي لا نعرف سببها؟!

لَم يعِر أيَّ اهتمام لكليهما، ولكنَّه أشار للجرسون أن يأتي لهما بالغداء، حتَّى جاء الجرسون ووضع أمام ماتيوس طبقًا مِن (كبد البط)، ووضع لروجرز طبقًا مِن الدجاج.

بدأ مستوى تعجُّب ماتيوس وروجرز يرتفع لأقصى درجة، فالجرسون يبدو كأنَّه يعرفهما، فهو لَم يسأل أيَّ طبقٍ لمَن، ومع ذلك وضع كلَّ طبق أمام كلٍّ منهما بشكل صحيح دون أن يعرف أيَّ الطبقَين يخصُّ كلَّ واحد منهما.

وما زاد الوضع والموقف غموضًا أكثر، ظهور سارة بابتسامتها الخبيثة وهي تقول للجرسون باستخفاف:

- أحضِر لي طلبي أنا أيضًا.

وجلسَت بعدم اكتراث وكأنَّها تعرف ما يحدث هنا، مِمَّا أثار غضب روجرز، فقال بصوت غاضب:

- إنَّني أريد تفسيرًا لِمَا يحدث هنا، هل كان كلُّ هذا عبارة عن تمثيل؟ هل تسخر مِنَّا يا جان؟

بينما قال ماتيوس:

- أين باقي الفريق إذًا؟ أين ريتشارد وستيف وماريا وألبرت؟

حاول جان أن يهدِّئ مِن غضبهما وخمد بركان ثورتهما، فقال بهدوء:

- لا تقلق.. أنا لا أتخلَّى عن باقي فريقي، ولكن هناك تغييرات حدثَت في الخطَّة، فكان مِن المقرَّر أن تكون بداية رحلتنا غدًا، ولكن كان للطبيب ألبرتو صديقي رأي آخَر.

فقال ماتيوس:

- وهل ألبرتو سينضمُّ للفريق؟

أجابَت سارة بخبث:

- إنَّ الطبيب ألبرتو هو في الأساس مؤسِّس هذا الفريق، وهو مَن يقوم بالمتابعة.

لَم تختفِ نظرات الصَّدمة والذهول مِن وجوه روجرز وماتيوس، فكلَّما استوعبَا الأمر عرفَا شيئًا يجدِّد مِن ذهولهما.

فقال ماتيوس:

- يدور برأسي مئات الأسئلة، وأريد إجابة واضحة عمَّا يحدث هنا.

ليجيب جان بثبات:

- لا تقلق.. ستعرف كلَّ شيء في وقته المناسب، ولكن دعونا الآن نستعدّ، أنت يا روجرز ستسافر إلى المكسيك، تذكرة سفرك جاهزة، عند التاسعة مساءً ستتوجَّه للمكسيك ليستقبلك أليخاندرو لمعرفة ودراسة التضاريس والجغرافيا الخاصَّة بالمكسيك هناك، فنحن بصدد دراسة حضارتَين، حضارة الأزتيك، والمايا[3].

- وأنت يا ماتيوس، عليك أن تقوم بمعرفة ودراسة كلِّ المعتقدَات والخرافات والأساطير التي تمَّ تداولها بالمكسيك عن تلك الحضارتين، لا أريد أن نترك أيَّ شيء.

بعدما انتهى جان مِن حديثه، ما زال روجرز وماتيوس حائرَين ومذهولَين، وعلى الجانب الآخَر تقول سارة في عدم اهتمام لِمَا يقال:

3- امتدَّت حضارة المايا إلى معظم أنحاء أمريكا الوسطى، وقد وُجِدَت مجموعة مِن القرى المكتظَّة بالسُّكَّان في جميع أنحاء المناطق التي سكنَت فيها حضارة المايا، وعلى الرَّغم مِن هذا الامتداد الواسع لحضارة المايا إلا أنَّها كانت تتألَّف مِن دول صغيرة؛ لكلِّ دولة حاكمها الخاص، وقد وصلَت حضارة المايا إلى أوجها وازدهارها في الفترة التي أطلق عليها العلماء الفترة الكلاسيكيَّة.

- إنَّها حقًّا وجبة لذيذة.

ليجيبها الطبيب ألبرتو:

- كنتُ متأكِّدًا أنَّها ستعجبكِ.

بينما روجرز وماتيوس يستمعان باندهاش وحيرة إلى كلام جان، كانت تعبيرات وجههما تعكس الارتباك والدهشة، كانت أعينهما واسعة الافتتان وهما يحاولان فَهم ما يحدث وما يطلبه جان منهما.

تردَّد الصَّمت لحظة في المكان، حيث حاول كلٌّ منهما التصرُّف وفقًا للمعلومات التي حصلا عليها، وبينما ظلَّت سارة غير مبالية ومرتبكة في عالمها الخاص، كان الطبيب ألبرتو يحافظ على هدوئه، ويبثُّ الثقة في الجميع بابتسامته المطمئِنة.

في النهاية رغم الارتباك والتساؤلات التي تعتريهما، قرَّرا أن يلتزما بتوجيهاتِ جان، روجرز شعرَ بالراحة الداخلية واندفع بالتحضيرات للرحلة إلى المكسيك، بينما عزَّز ماتيوس عزمه واندفع للتعمُّق في دراسة المعتقَدات والأساطير المتعلِّقة بحضارتَي الأزتيك والمايا.

رغم الارتباك والأسئلة التي لَم يجدا لها إجابة، كان هناك شعور مشترك بالحماس والاهتمام لاكتشاف حضارتين قديمتين والغوص في أعماق ثقافتهما المدهشة.

وفي تلك اللحظة، انطلقا في مغامرة غير معروفة، مليئة بالتحدِّيات والاكتشافات، مصمِّمَين على استكشاف كلِّ شيء وعدم ترك أي شيء يفوتهما.

كانت أحداثًا متسارعة، ولَم يفهم أحد شيئًا، لكن سوف ينفِّذن ما طلبه منهما جان في النهاية، وكانا سعيدَين لرؤية جان والابتسامة قد عادت له رغم يقينهما أنَّ الكون ما زال به أسرار لَم يفهماها.

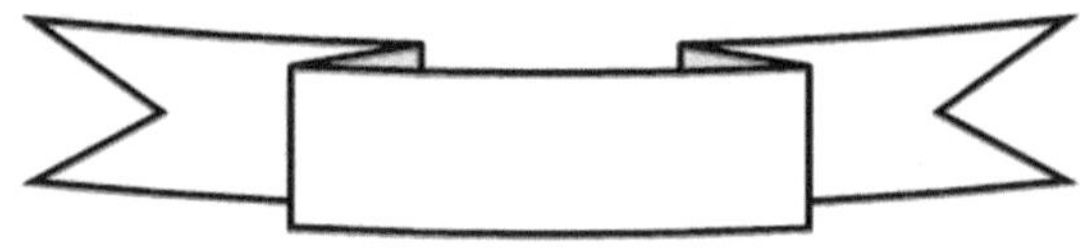

الفصل الثاني

في عمق تاريخ الأزتيك، تتوارث الأسرار وتتناثر الألغاز، كحضارةٍ شامخة تجمع بين الروحانية والتقنية، وبين الإبداع الفني والعقائد القوية.

انغمِس في عالمِهم المدهش، واستكشِف حضارةً تشدو بأسطورتها وتتألَّق بروعة تفاصيلها.

هنا في صفحات هذا الفصل ستجد الأزتيك يكشفون لك بعضًا مِن سرِّهم العميق، ويعزِّزون رؤيتك للعالم الذي استوطنوه بكلِّ تألُّقه وتعقيداته.

تفتح تلك الحضارة الرائعة أبوابها أمامك لتكون معلمًا ومصدر إلهام، فتذكَّر دومًا أن الحاضر يتجلَّى في طيات الماضي، وأنَّ الأزتيك هم علامةٌ قوية في كتاب تاريخ البشرية.

الفصل الثاني
أسرار الأزتيك

مرَّت ثلاثة أيام تعتلي فيها التوترات والشكوك قلوب أعضاء الفريق، وبينما كانوا ينتظرون جان في غرفة الاجتماع، كانت التعابير الوجهية تعكس حالة القلق والاستغراب، كانت أعينهم تترقب بفضول وقلق، وتوتَّرَت ملامح وجوههم مع كلِّ دقيقة تمرُّ.

وعندما دخل جان الغرفة، لُوحِظَت تغيُّرات جسدية في الجميع، تمسَّك ماتيوس بالكرسي بقوَّة، وقامت ماريا بتجميع أصابعها معًا، ودفعَت يدها الأخرى بعنف على طاولة الاجتماع، وكانت أصوات التنفُّس ترتفع بشكل ملحوظ في الغرفة، حيث يتنفَّس الجميع بعمق وبطريقة متسارعة.

عندما بدأ جان بالتحدُّث، لاحَظَ الجميع حالة الترقب والانتباه الشديد، كانت عيونهم تركِّز بشكل كبير على كلماته، والتَفتوا نحوه بترقُّب متزايد.

ماريا لَم تستطِع السيطرة على غضبها، وانفعلَت بشكل كبير، قامت بإلقاء يدها بعنف على الطاولة، ووجَّهَت نظرتها الغاضبة نحو جان.

وفي الوقت نفسه حاول ستيف تهدئتها ولكن دون جدوى، كان وجهه يعبس ويحاول إبقاء توازنه وهدوئه في وجه الانفعالات المتصاعدة.

دخل جان الغرفة بثبات وهدوء، وقال بصوت قوي:

- ها.. مِن أين نبدأ؟

فجأة.. اندفعَت ماريا في نوبة انفعال، وانتابها غضب لافت، حيث قامت بإلقاء يدها بعنف على طاولة الاجتماع، وقامت وهي غاضبة وتصرخ:

- مِن أين نبدأ؟ سنبدأ منذ ثلاثة أيام، نحن ندينُ لك بتفسير واضح وإجابة لكلِّ ما حدث، هل يمكنك عدم تجاهل تساؤلاتنا وإيهامنا بأنَّنا فريق واحد؟ لقد تركتَنا فجأة وهربتَ مِن النافذة، واختفيتَ لثلاثة أيام، هل يمكن أن نحظَى بتفسير واحد لهذا العبث؟

حاول جان التَّماسك والثبات، بينما كان ستيف يحاول تهدئة أعصابها ولكن دون جدوى.

قال جان بصوت هادئ وثابت:

- أنا أقدِّر تلك التساؤلات يا ماريا، ولكن يجب عليكِ الثقة بقائدكِ، هناك بعض الحقائق التي إذا علمتُم بها ستكون خطرًا عليكم، ولكن كلُّ ما أستطيع قوله هو أنَّنا أمام رحلة طويلة ستغيِّر مجرى التاريخ.

وفي تلك اللحظة، لاحظ الجميع التوتُّر والانزعاج الذي يعتري جان وماريا، كانت التوتُّرات تنتشر في الهواء، وكان هناك شعور بأنَّ أمورًا مهمَّةً ومثيرة تحدث خلف الكواليس.

قال ريتشارد عالِم الأحياء بصوت هادئ وواثق:

- نحن معك يا جان، ولا نحتاج إلى تفاصيل، فنحن نثق بك، وسندعمك مهما كان الوضع، فهذه ليست أول رحلة لنا، ودائمًا تعمل أنت لصالح البشرية وتغيير العالم للأفضل، ونحن سنكون رفقاءك للنهاية، أليس كذلك يا أعضاء الفريق؟

ليهزَّ أعضاء الفريق رؤوسهم بالتأييد بمن فيهم ماريا وستيف.

كان جان ينوي أن يفسِّر بعض الأمور، ولكن بعد تدخُّل ريتشارد وبعد أن هدأَتِ الأجواء، وجد أنَّه لا حاجة لتفسيرات، والأفضل أن يدخل في صلب الموضوع، مِمَّا جعل ألبرت يشعر بالارتياح لعدم إفصاح جان عن شيء.

قال جان:

- لقد أرسلت روجرز إلى المكسيك ليدرس الأوضاع الجغرافية هناك وما يخصُّ حضارة الأزتيك، وكذلك ماتيوس كلَّفتُه بالبحث والدراسة عبر الشبكة العنكبوتية عن أي تفاصيل مِن شأنها أن تفيدنا؛ ولذلك سنستأنف اجتماعنا بعد ساعة لأنَّ هناك تفاصيل سأحصل عليها لأخبركم بها.

استأذن جان للمغادرة إلى مكتبه حتَّى تمرَّ الساعة، وذهب برفقته سارة وألبرت، ليظلَّ في الغرفة ستيف، وماريا، وماتيوس، وريتشارد.

تتطاولَت ماريا بعصبيَّة على ريتشارد قائلة:

- مَن الذي طلب منك أن تتحدَّث بالنِّيابة عنَّا؟ إذا كنتَ لا تريد الاستفسار فأنتَ حرٌّ، ولكن نحن نريد تفسيرًا لِمَا يحدث، كيف لي أن أضحِّي بحياتي برحلة لا أعلم عنها شيئًا؟

ولكن ريتشارد لَم يجِب عليها، وتجاهَلها كأنَّها لَم تقُل شيئًا بكلِّ حكمة وثبات، بينما كان ماتيوس منغمسًا في تفكيره العميق حول انضمامه حديثًا للفريق، وجهله بشخصياتهم وسَير عملهم، فهو جديد معهم ولا يعرف إلى أين ستَؤول الأمور بعد ذلك، كلُّ ما يعرفه هو أن مهمَّته تنطوي في البحث عن المعلومات اللازمة عن حضارة الأزتيك، وحضارة المايا.

مرَّت ساعة، حتَّى دخل جان وألبرت وسارة لشرح وتوضيح المعلومات اللازمة، إلا إنَّهم تفاجَؤوا مِن جاهزية ماتيوس الذي استعرَض شرحًا عن شعب الأزتيك، حيث ذكر أنَّ شعب الأزتيك قام ببناء المدن الكبيرة، ووضعوا البِنَى الاجتماعية والسياسية والدينية، ولدَيهم عاصمتهم تينوتشتيتلان، لقد كانت أكبر مدينة أثناء الغزو الإسباني، وأظهرَتِ المخطوطات المجمعات، والمعبد الضخم، والقصر الملكي، والعديد مِن القنوات المائية التي لا زالت آثارها موجودة إلى الآن.

- إمبراطورية الأزتيك دُمِّرَت بعد الغزو الإسباني، ولكن حضارتهم ظلَّت صاحبة تأثير مهمٍّ على تطوُّر الثقافة المكسيكية.

كثير مِن المكسيكيين المعاصرين ينحدرون مِن الأزتيك، وأكثر مِن مليون مكسيكي يتكلَّم ناهواتل، اللغة الأم للأزتيك هي لغتهم الأولى وفي مكسيكو سيتي.

وتستمرُّ الحفريات للكشف عن أساسات المعبد والتماثيل والمجوهرات والتُّحَف وغيرها مِن حضارة الأزتيك.

استأنَف ألبرت حديث ماتيوس وقال:

- ملامح حضارة المايا قد تطوَّرَت ببطء خلال الفترة الزمنية مِن سنة 2000 ق.م لسنة 700 ق.م إلى سنة 300م، ويُطلَق على هذه الفترة ما قبل التقليدية في حياة شعب المايا.

وأكمل مِن بعده جان:

- ومع بداية هذه الفترة كان الذين يتكلَّمون اللغة المايَاوية يعيشون في ثلاث مناطق متجاورة في أمريكا الوسطى وشرق وجنوب المكسيك، وهنا ستكون نقطة البحث التي سوف نركِّز عليها.

ثم أخذ نفَسًا عميقًا، ونظر إلى ألبرت باهتمام ليعطيه الإشارة بالتكملة: تفضَّل يا ألبرت.

ليقول الأخير:

- كان المايَاويون الأوائل شعبًا يمارس أبناؤه الفلاحة، ويعيشون في قُرًى صغيرة متناثرة وفي بيوت صغيرة مسقوفة.

فقاطعَه ستيف باستخفاف:

- وما الكنوز التي سنجنيها مِن هؤلاء الفلاحين؟!

لَم يجب عليه أحد؛ فالجميع في تركيز شديد.

أكمل ألبرت:

- بلغَت هذه الحضارة أوجها سنة 700 ق.م، وأفلَتْ إمبراطوريتهم القديمة وانهارت مع حلول القرن السابع ق.م، ولا سِيَّما في المدن الجنوبية.

وأكمل ريتشارد بمعلومة يعرفها:

- بسبب الأمراض والحروب والمناخ والمجاعات.

أشار ألبرت بالإيجاب، واستأنف حديثه:

- وفي سنة 1000 ق.م قامت الإمبراطورية الحديثة للمايا وكانت أقوى مِمَّا كانت عليه قديمًا، حيث ظهرَت مدن جديدة في شبه جزيرة يوكتان وأتزي، إلا إنَّ معظم هذه المدن اندثرَت واختفَت مع الزمن، وفي سنة 300م ظهرَتِ الحضارة التقليدية لشعب المايا وأصبحت حضارة معقَّدة منذ سنة 300م – 900م حيث قامت المدن الرئيسة المستقلَّة سياسيًّا، كمدينة تيكال، وباينك، وبيدراس، ونجراس، وكوبان.

فأكمل جان حديثه بترقُّب وتأنٍّ:

- وفي القرن الثامن والتاسع الميلاديَّين، بدأت حضارة المايا الكلاسيكية بالانحدار، وذلك بهجر السكان للمدن في السهول الداخلية بسبب الحروب، وفشلَت الأراضي الزراعية في تغطية حاجة السكان بسبب الجفاف، وهناك أدلَّة أثرية تدلُّ على وقوع حروب ومجاعات وثورات داخلية تسود عدَّة مناطق في الداخل.

فجأة، قاطعهم ريتشارد بشكل صادم، وقال بصوت مرتفع:

- إنَّها ملعونة، تلك الأراضي ملعونة، فإنَّ سكانها يصابون بالأمراض، وتبدأ بالانتشار.

وقد تجاوبَت تلك الكلمات مع صمت محتشم في الغرفة.

ألقَى ألبرت نظرة قصيرة نحو ريتشارد، ثمَّ استأنف حديثه بعد أن تنهَّد قليلًا:

- وهنا بدأ الإسبان بالسيطرة على أراضي المايا في حدود عام 1520م، وقاومَت بعض المناطق بشكل مستميت، ولم تخضع مملكة إتزا – آخِر ممالك المايا – للإسبان حتَّى عام 1697م.

بينما كان يتحدَّث ألبرت، كانت هناك توتُّرات وتفاعلات جسدية واضحة.

بدت عيون ريتشارد متحجِّرة، وكانت تراقب حركات ألبرت بترقُّب واهتمام، وفي نفس الوقت كان جان يحاول الحفاظ على تركيزه وسط الجوِّ المتوتِّر، كانت أنفاسه تتسارع قليلًا، وعيناه تحمل توتُّرًا طفيفًا، وبينما كانت التوتُّرات تسود الغرفة، استكمل جان حديثه بقوَّة:

- وذهبَتِ الدراسات إلى أنَّه تمَّ نَقل كلِّ كنوز هذه الحضارة إلى مملكة إتزا، وهنا سوف نبدأ البحث ونتوجَّه نحو الكنوز المفقودة في تلك المملكة المثيرة.

كانت التوترات تلفُّ الجميع وتتجلَّى في تعابير وجوههم المشدودة وحركات أجسادهم العصبية.

كانت عيونهم تترقَّب بشكل متوتِّر، وأصابعهم تلتصق بأطراف المقاعد بقوَّة.

رفعَت ماريا يدها بغضب، معبِّرةً عن الاستياء والشكوك التي تعتريها.

كانت العروق تتبلوَر على جبينها وهي تنظر إلى جان بانتقام، وبجوارها كان ستيف يحاول بصعوبة كبيرة السيطرة على حالة الاضطراب التي تسيطر عليها.

بينما هم يعبِّرون عن غضبهم واحتقانهم، حاوَل جان الحفاظ على توازنه وثباته، ترتجف بعض تفاصيل وجهه قليلًا، ولكنَّه يبذل قصارى جُهده ليبقى هادئًا ومتماسكًا، كانت نبرته الصوتية تحمل تلك الحالة المتوتِّرة والقوَّة المتميِّزة.

وبينما تتصاعد العاطفة والتوتر في الغرفة، يغمر الجميع شعورٌ بالفضول والتحدِّي، يعلمون أنَّهم أمام رحلة مليئة بالألغاز والاكتشافات، وأنَّهم بصدد كشف أسرار قديمة قد تغيِّر مجرَى التاريخ.

كانت القاعة مليئة بالانتظار والتوتُّر، ويترقَّب الجميع لحظة بدء هذه الرحلة المثيرة، على أمل العثور على الإجابات والكنوز التي تنتظرهم في المكسيك.

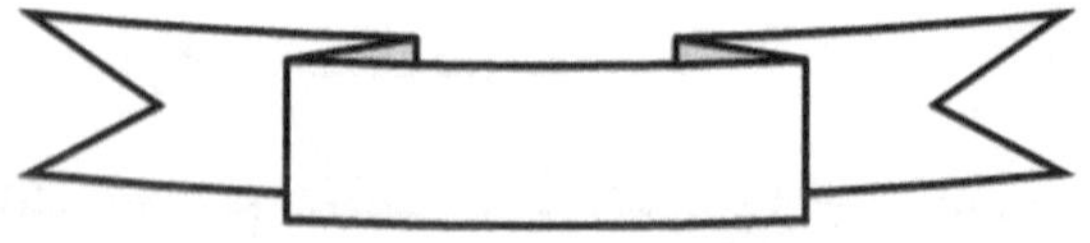

الفصل الثالث

عندما يلتقي محفل اللهب، تنبثق الشرارات الساحرة للقدر، وتتجلَّى الأرواح الشغوفة بالمغامرة.

بجرأةٍ تحدَّتِ الظروف، وبقلوبٍ تنبض بالحماسة، التَقَى روجرز ولوبيتا في تلك اللحظة الحاسمة عند النار، وفي تلك اللحظة المميَّزة تحاكي الأحداث تباينات الشخصيات، وتفجِّر شرارة الغموض، مخلِّدةً بذلك لقاءً يمزج بين العاطفة الجيَّاشة والرغبة الجامحة للمغامرة، لنتابع حكايتهما الرائعة، ونستمتع بروعة التفاصيل والترقُّب لِمَا يحمله المستقبل في أحضان هذا اللقاء القدَري المميَّز.

الفصل الثالث
محفل اللهب

بعد رحلة طويلة قام بها روجرز إلى المكسيك، وصل إلى البهو الواسع بالمطار، ليجد رجلًا ضخم البنية يتَّجِه نحوه بخطوات ثقيلة.

تزايَد التوتر في قلب روجرز كلَّما اقترب الرجل، حتَّى وصل إلى مسافة تكفيه لرؤية تفاصيل وجهه المشوَّه بالحروق والجروح التي امتدَّت بشكل مرعب على وجهه ورقبته، كأنَّه تعرَّض لحوادث مروِّعة.

روجرز حاول تجاهُل هذه الأمور والسيطرة على تعابيره الوجهية لكَي لا يشعر الرجل الضخم بالإحراج.

رحَّب الرجل الضخم قائلًا:

- أهلًا بك، أنا أليخاندرو يا روجرز، آمل ألا تكون قد عانَيتَ خلال رحلتك.

صاحب هذا الصوت المرحِّب الرسمي قليلًا أدخَل الرعب إلى قلب روجرز الذي بذل مجهودًا لابتلاع ريقه، وردَّ عليه قائلًا:

- نعم.. كانت الرحلة مريحة، ولَم أعانِ أبدًا، هل يمكنني معرفة إلى أين سنتَّجه؟

أليخاندرو حاوَل مساعدته في حمل الحقائب، وأجابه قائلًا:

- سنقيم في فندق يبعد نصف ساعة مِن هنا، ليس بعيدًا على الإطلاق، تفضَّل معي.

اتَّجَها نحو السيارة بخطوات سريعة، حيث ركبَا السيارة وانطلقا نحو الفندق.

خلال الرحلة لَم ينطق روجرز بكلمة واحدة، فقد غلبه الخوف مِن هيئة ومظهر أليخاندرو الذي رحَّب به مرَّة أخرى، وأخبره أنَّ كلَّ شيء سيكون جاهزًا في اليوم التالي.

روجرز نظر إليه وقال بصوت متعَب:

- أشكرك جدًّا يا أليخاندرو، وغدًا سأكون جاهزًا في الموعد المتَّفَق عليه.

ردَّ أليخاندرو بابتسامة مهذَّبة:

- عفوًا سيِّدي، سأتواصل معك غدًا.

ردَّ روجرز:

- حسنًا، سأكون في انتظارك، إلى اللقاء.

صعد روجرز إلى غرفته في الفندق، وبينما كان يتَّجِه للاستعداد للنوم، توقَّف للحظة لإرسال رسالة تأكيد لجان ليخبره بأنَّه وصل بسلام، وأنَّ الأمور تسير بشكل جيِّد.

كانت يداه ترتجفان قليلًا وقلبه يدقُّ بسرعة، فقد غلبه الخوف والقلق مِن هيئة ومظهر أليخاندرو، الذي لا يمكنه أن ينساه حتَّى هذه اللحظة.

لَم يستطع روجرز ترتيب أمتعته أو الاسترخاء، بل كان يشعر بالجمود، والخوف المستمر يسيطر عليه.

في حالة مِن التوتُّر، قام بإرسال رسالة تأكيد لجان ليخبره بأنَّه وصل بأمان، وأنَّه في انتظار المزيد مِن التَّعليمات، ثمَّ غمرته مشاعر المرارة والشكِّ، فهل سيتمكَّن مِن التغلُّب على هذا الخوف ومواجهة التحدِّيات المقبلة؟

جلس روجرز على السرير ووجهه محاط بالظلام، الغرفة كانت هادئة وهدوءها أضاف إلى حالة الاضطراب التي يعاني منها.

تناول أنفاسه بعمق، وحاول تهدئة أعصابه المشدودة، كانت عيناه تترقب في الظلام، محاوِلًا استرجاع هدوئه وتجاوُز ما رآه مِن صورة أليخاندرو.

قرَّر روجرز تشغيل الموسيقى الهادئة على هاتفه المحمول، في محاولة لتهدئة عواطفه وتفريغ التوتُّر المتراكم.

اغتنم هذه اللحظة لتجديد قُوَاه، وتشجيع نفسه على مواجهة التحدِّيات التي تنتظره في الأيام القادمة.

وعلى الرغم مِن الإرهاق الذي يلاحقه والتحدِّيات التي يواجهها، إلا إنَّه لَم يفقد الأمل والإصرار على تحقيق هدفه.

أغلق عينَيه بلطف وتنفَّس بعُمق، سعيدًا بالتحوُّل الإيجابي الذي شعرَ به في داخله.

استمرَّتِ الموسيقى الهادئة في الغرفة، وأحاطَته بالأمان والسكينة، بدأ يسترخي تدريجيًّا، وعضلات جسده التي كانت متوتِّرة بدأت تتراخى، سمح لنفسه بالانغماس في حالة مِن الهدوء والسكينة.

تدرَّج الاسترخاء في جسده، وشعرَ بتناغم بين عقله وجسده، لَم يعُد يفكِّر في الشكوك والمخاوف التي تسكنه، بل ركَّزَ على الأهداف التي يسعى لتحقيقها والمغامرات التي ينتظرها.

ببطءٍ بدأ روجرز ينجذب إلى عالم الأحلام، حيث تناثرَتِ الأفكار والصور في عقله، تناولَت ذكرياته السابقة وأحداث الماضي، وتخيَّل ما سيكون عليه المستقبل.

تلاشَتِ الهموم، واستعاد روح المغامرة والفضول الذي دفعه للانضمام إلى هذه الرحلة المثيرة.

في النهاية، يكمن الأمل والتفاؤل في عينَي روجرز وهو ينام، متطلِّعًا إلى ما ستحمله الأيام القادمة مِن مغامرات واكتشافات.

وعلى هذا النحو يغمره السكون والسلام، متطلِّعًا إلى الصباح القادم الذي سيَشهد بداية يوم جديد مليء بالإثارة والتحدِّيات.

يستيقظ روجرز ببطء من نومه، ويشعر بنسيم الصباح الذي يتسلل عبر نافذة الغرفة، يتمتِم بابتسامة خفيفة على شفتيه، مستعدًّا لمواجهة ما ينتظره في هذه الرحلة المثيرة.

بينما ينهض مِن السرير، يشعر روجرز بإحساس منعش ينبعث مِن جميع أجزاء جسده، يتمتِم بشكره الصادق للراحة التي استعادها في النوم، وللقوَّة التي يشعر بها الآن.

يتَّجِه روجرز إلى الحمَّام للاستحمام وتجديد نشاطه، يشعر بأنَّ الماء الدافئ يغسل عنه آثار التَّعب والقلق، ويعيد إحياء حواسِّه المتعَبة.

بعد الانتهاء مِن الاستحمام، ارتدى روجرز ملابسه الجديدة، واقتنص نظرة سريعة على نفسه في المرآة، لاحَظَ تحسُّنًا في مظهره، فهو الآن يبدو أكثر حيوية وجاهزية لبدء اليوم.

اتَّجَه روجرز إلى صالة الإفطار في الفندق، حيث يجد فريقه بالفعل مجتمِعًا، التقَط أنفاسًا عميقة لتهدئة أعصابه المتوتِّرة،

وانضمَّ إلى الطاولة، تراقصَت عيناه مع الأعضاء الآخَرين، حيث تبادلوا التحية والابتسامات، وهم جميعًا ينتظرون بفارغ الصبر بداية الرحلة.

نظر روجرز حوله، ورأى وجوهًا مليئة بالحماس والشغف، وشعرَ بالتأكيد بأنَّهم فريق واحد ملتزم بتحقيق أهدافهم المشتركة.

بينما يستمتعون بوجبة الإفطار، يتبادلون الأحاديث والتوقُّعات للأيام القادمة، تنبعث الضحكات:

- صباح الخير يا سيدي، معك أليخاندرو، أنا أنتظرك في الفندق حتَّى تستعدَّ.

- عفوًا سيِّدي.

أغلق روجرز الهاتف، وتجهَّز في دقائق ونزل لمقابلة أليخاندرو، وتوجَّها بسرعة للسيارة.

مرَّت ساعة تقريبًا حتَّى دخلَتِ السيارة في طريق جبلي وعِر، بدأت تتعمَّق به قليلًا حتَّى وصلا عند نقطةٍ ما بجانب شجرة صغيرة، فسأل روجرز:

- لماذا توقَّفنا هنا؟

ليخبره أليخاندرو:

- سنتوقَّف بالسيارة هنا، ونكمل المسافة سيرًا على الأقدام.

لَم يعترض روجرز؛ فهو على ثقة بهذا الشخص الذي لا يبدو عليه الثقة أبدًا، ولكن جان أكَّد عليه بأنَّ هذا الرجل موثوق فيه كفاية ليتبع حديثه دون ذرَّة شكٍّ واحدة، فاكتفى بسؤاله:

- حسنًا.. كم المسافة التي سوف نقطعها للوصول؟

أجابه أليخاندرو وهو منشغل في ترتيب حقيبته:

- سنسير مسافة يومَين.

- يومين؟! هل سنسير عبر هذا الطريق يومين؟ حتَّى إنَّه يبدو أنَّ هناك على مرمَى بصري غابة، هل سنسير وسط الغابة ليومين؟ كيف؟!

أجابه أليخاندرو محاوِلًا توضيح الأمر وقال:

- لا تقلق.. سوف يكون هناك فريق كامل ومجهَّز لحمايتنا، ومسئول على وصولنا بأمان، حاول أن تهدِّئ من روعك.

بالفعل حاول روجرز أن يهدأ، متذكِّرًا في هذه اللحظات مغامراته مع الجيش الأمريكي، وكم كانت تلك المغامرات خطيرة! وكلَّما كانت خطيرة ومستحيلة كانت نشوة الانتصار والإثارة تَسري بجسده، وتُشعِره بالفخر والاعتزاز بقيمته، خاصَّةً بعد تسريحه بسبب إصابته في إحدى تلك المغامرات، فهو الآن

سيُعيد الذكريات والأمجاد مرَّة أخرى، فلقد مرَّ عليه شريطٌ مِن الأمجاد بدأ يحلم بإعادته مرَّة أخرى وتحقيقه مِن خلال هذه المغامرة الفريدة.

قاطع شريط ذكرياته مجيء سيارة أخرى خرج منها أربعة رجال بالزيِّ العسكري الرسمي.

إنَّهم فريق الحماية الذي سيرافقهم في رحلتهم إلى الغابة، وتوجَّهَا سريعًا في خطوات واثقة نحو الغابة المؤدِّية إلى مملكة "الأزتيك".

وأثناء السير في الطريق، ظلَّ روجرز يدوِّن الاحتياجات اللوجستية، والأدوات التي سيحتاجها الفريق أثناء رحلته، ويدوِّن المخاطر والعقبات التي مِن الممكن أن تعوق رحلتهم، ويدرس المنطلقة جغرافيًّا بكلِّ دقَّة وتركيز واضح، حتَّى قطع هذا التركيز وقوف مفاجئ.

لينظر روجرز أمامه مباشرةً، ويجد أنَّه وصل إلى حافَّة منحدر ضخم وشاهق، فطلب أليخاندرو مِن الفريق حبالًا للنزول مِن هذا المنحدر.

بدا على روجرز القلق والتوتر، فلاحَظ أليخاندرو ذلك وقال:

- لا تقلق يا روجرز، النزول ليس مستحيلًا أو خطرًا كما تظنُّ، الأمر مؤمَّن بشكل كامل، ولن تُصاب بأذًى.

نظر إليه روجرز وأخبره:

- أنا لستُ قلِقًا، ولكن هل يمكن أن نبحث عن طريق آخَر؟ لأنَّنا حتَّى وإن استطعنا النزول، فبالتأكيد فريقي لن يستطيع أن ينزل بمعدَّاته وحقائبه الكثيرة، وسيكون خطرًا.

ربت أليخاندرو على كتف روجرز محاوِلًا أن يُطَمئنه:

- هناك طريقٌ آخَر بالفعل، ولكنَّه سيستغرق منَّا يومًا آخَر؛ لأنَّ مسافته بعيدة جدًّا، وهذا الطريق يختصِر علينا المسافة أكثر.

-حسنًا، لا بأس، سنذهب هذه المرَّة في هذا الطريق، ولكن عند عودتنا لن نعود منه.

أومأ أليخاندرو برأسه موافِقًا وقال:

- حسنًا.. هيَّا بنا، لننزل ونبدأ التخييم في الأسفل، وسنستأنف رحلتنا في الغد؛ لأنَّ الليل سوف يحلُّ علينا قريبًا.

وبعد نزول مسافة أكثر مِن 300 متر تقريبًا، بدأ الحُرَّاس في تجهيز الخِيَم التي سينامون بها، في هذه الأثناء كان روجرز يلتقط أنفاسه بعد نزوله كلّ هذه المسافة.

وبعد أن ارتاح الجميع، بدؤوا في إشعال النار للتدفئة، وهنا كان يوجد مساحة للحديث، حيث وجَّه روجرز السؤال الذي يحيِّره عن سبب حروق أليخاندرو، فقال:

- أيُمكنني أن أسألك سؤالًا يا أليخاندرو؟

- نعم، أنا أعرف ما الذي سوف تسألني عنه، تريد أن تسأل عن سبب ندباتي وحروق وجهي، أليس كذلك؟

شعر روجرز بالإحراج، ولكنَّه أومأ برأسه بنعم.

فقال له أليخاندرو مبتسمًا وبنبرة ساخرة مازحة:

- حسنًا.. يبدو أنَّكَ معتاد أن تروي لك جدَّتك قصة ما قبل النوم، سوف أتوَلَّى دورها اليوم وأروي لك قصَّتي، ولكن في البداية هل تعلَم أنَّه على الإنسان أحيانًا أن يُخرِج الشرَّ النابع بداخله لينشر الخير في العالم؟

نظر إليه روجرز متعجِّبًا ومستفهمًا، فأردف أليخاندرو مرَّة أخرى:

- حسنًا.. ستفهم وحدك عندما أحكي لك قصَّتي، لقد كنتُ في الماضي فردًا مِن أفراد عصابة تعمل بتهريب المخدرات، ولكنِّي تقاعدتُ الآن، وكان وقتها لديَّ مهمَّة لتسليم شحنة مِن المخدرات في إحدى مدن المكسيك، فذهبتُ أنا وصديقي الذي تشاركنا سويًّا فكرة أن تكون هذه هي آخِر مهمَّة لنا، وبعدها سننسى هذه الأعمال، وسنتبرَّأ منها للأبد، ولكنَّه لَم يشاركني فكرة أنَّه قد تعاوَن مع الشرطة بالفعل، عرفتُ مِن رئيس العصابة التي كنَّا نواجهها حين قام بتوزيع نظرات الريبة والشكِّ

لصديقي، لَم أكن أفهم وقتها ما الأمر، ولكنّي علمتُ عندما قام رئيس العصابة بإطلاق رصاصته في منتصف رأس صديقي، فصرختُ أنا وجثَوتُ على ركبتي دون حيلة أبكي على مشهد فراقه أمام عيني، فقام رئيس العصابة ورجاله بتشويهي كما ترى، ولَم يكتفِ بذلك، بل قام بحرق وتفجير المستودع الذي كنّا بداخله، فكانت هذه الحروق على وجهي تحكي قصَّتي، وتثير تساؤلات كلِّ مَن يراني، ومِن اللحظة التي نجَوتُ فيها، قرَّرتُ مغادرة هذا المجال الذي نجَوتُ منه بأعجوبة، واعتبرتُها فرصة أخرى لأعيش حياة جديدة في صفحة بيضاء.

بينما يروي أليخاندرو قصَّته، لاحَظَ روجرز تغيُّرات في تعابير وجهه، تتراوح تعابيره بين الدهشة والشك والاستغراب.

تأمَّل روجرز بعمق في الكلمات التي ينطقها أليخاندرو، محاوِلًا فَهم أبعاد وتأثيرات قصَّته المؤثِّرة.

بعد لحظات مِن الصمت، قال روجرز إلى أليخاندرو بصوت مليء بالاحترام:

- شكرًا جزيلًا لك على مشاركة قصَّتك الشجاعة معي، أعجبَتني قوَّتك وإرادتك في تغيير حياتك، أنا ممتنٌّ لكَوني جزءًا مِن هذه الرحلة.

تحدَّث روجرز، وظَهر الإعجاب والتَّقدير على وجه أليخاندرو، تتجلَّى التفاعلات الجسدية في تقديم التحية برأسه وابتسامة مليئة بالاحترام والتقدير.

عندما انتهى روجرز مِن التعبير عن شكره وتقديره، ظهر ذلك بتغيير إيجابي واضح على تعابير وجهه، مثل انبساط العينين وابتسامة مليئة بالامتنان.

قاطَع هذه القصة حركة مفاجئة مِن الحرَّاس وهم يتحرَّكون بحرص وتأهُّب وحالة دفاعية لخطر قادم، ليقول روجرز بقلق وتوتُّر:

- مَن هناك؟ ما الذي يحدث؟

وإذا بأربع نساء ورجل مُسِنّ يقودهنَّ، يبدو عليهم التعب والإرهاق، يبدو أنَّهم يسيرون لأيام دون ماء؛ لأنَّ واحدة مِن النساء قالت وهي تلهث مِن العطش:

- ألدَيكم ماء؟ نريد ماء ونستريح قليلًا فقط، وسوف نغادر.

في حين أنَّ الرجل المُسِنَّ رفض البقاء، وقال إنَّه يجب أن يستمرُّوا دون توقُّف، ولكن روجرز وجَّه حديثه للحارس وقال:

- أعطِهم ماء، فهناك قنينة كبيرة مِن الماء لدَينا، امنحهم بعضًا منه.

وبينما جميعًا جالسون حول النار بعد أن ارتووا مِن الماء، بدأ أليخاندرو يمعِن النَّظر إلى إحدى النساء، فنظر بتركيز أكثر ثمَّ قال:

- لوبيتا؟

فنظرَت إليه المرأة متعجِّبة، ثمَّ قالت:

- هل تعرفني؟!

فقفز أليخاندرو بشكل مفاجئ وقال:

- ومَن لا يعرف لوبيتا العرَّافة؟ أنتِ منحدِرة مِن سلالة عرَّافي ملوك المايا.

فنظرَت إليه لوبيتا بترقُّب وحذر، وقالت:

- هل أنتم هنا للبحث عن الذهب؟

لَم يهتم روجرز لحديثِهما، فقط اكتفى بمتابعتِهما دون تعليق بينما كان يأكل ولَم يكترث لكونِها عرَّافة أم لا، فهو لا يهتمُّ بتلك الأمور، حتَّى لاحظَت هي عدم اكتراثه، مِمَّا أثار استفزازها، لتوجِّه إليه الحديث وتقول:

- ألا تريد أن أقرأ لك حظَّكَ أيُّها المتكبِّر المتعجرف؟

فلَم ينظر إليها، وظلَّ يتابع الأكل، فقال بلا مبالاة:

- أنا لا أومن به، يمكنك البحث عن آخَر تقرئين له الحظَّ، فأنا أصنع حظِّي بنفسي.

مِمَّا أثار استفزاز لوبيتا أكثر، وأصبحَت أكثر إصرارًا على قراءة حظِّه وإثبات قدراتها، فقالت:

- الليل طويل، ويبدو أنَّكَ لن تنام الآن، يمكنك التجربة على سبيل التسلية.

أثناء لقاء روجرز بلوبيتا في الوادي، كان يتأمَّل النار وهو جالس على الأرض بجانبها، وكان يبدو هادئًا ومرتاحًا، كان يرتدي قميصًا أحمر وبنطال جينز، وكان يضع قبَّعةً على رأسه.

روجرز كان شابًّا متوسط الطول، وكان يتميَّز بشعر بنّي فاتح، وعينين خضراوين جميلتَين، كانت لديه ملامح وجه جذَّابة، وكان يتحدث بطريقة هادئة ومتزنة.

أمَّا لوبيتا فكانت تجلس بجانب النار وتتأمَّلها، وكانت ترتدي ملابس تقليدية مصنوعة مِن الصوف الخفيف، كان لديها شَعر أسود طويل يتدلَّى على كتفيها، وعيناها البنيَّتان كانتا تلمعان في ضوء النار.

كانت أيديهم تحتضن أكواب الشاي الساخنة التي كانوا يشربونها، وكانت أجسادهم تتحرَّك برفق وهدوء في جوٍّ مِن السَّكينة والهدوء.

لَم تنتظر إجابته، ولكنَّها شرعَت في تحضير كروت التاروت
ورمْي بعض الأخشاب الصغيرة في النار ليغطِّي الدُّخان المكان،
وبدأت بتقليب الكروت والمسح عليها بقماشٍ ما بيدها.

بينما تواصل لوبيتا توجيهها لروجرز، تطلب منه أن يختار 6
كروت تاروت مِن الرُّزمة الموضوعة أمامه.

شعرَ روجرز بتوتر متزايد وهو ينظر إلى الكروت المتاحة،
محاوِلًا تحديد أيها سيختار، يراقبه الحضور الموجود حول النار
بفضول واهتمام، يبدو أنَّهم متحمِّسون لمعرفة ما ستكشفه
الكروت.

بعد لحظات مِن التفكير، يقوم روجرز باختيار 6 كروت
تاروت بحذر وحسم، يسلِّم الكروت للوبيتا، وهي تأخذها وترتِّبها
أمامها بعناية، ثمَّ تبدأ بشرح كلِّ كارت وتفسيره في سياق
مستقبل روجرز.

القلعة: تدلُّ على القوة والاستقرار الداخلي، وتشير إلى أن
روجرز سيواجِه تحدِّيات قوية، ولكن ستكون لدَيه القدرة على
التغلُّب عليها بشكل ثابت.

العدالة: تعكس العدل والتَّوازن، وتشير إلى ضرورة اتِّخاذ
قرارات متوازنة ومُنصِفة، يتوجَّب على روجرز أن يكون عادلًا في
تعامُله مع الآخَرين، وأن يسعى للحفاظ على التَّوازن في حياته.

العجوز: تمثل الحكمة والتجارب السابقة. تلمح إلى أن روجرز سيستفيد من الحكمة والخبرة السابقة في مواجهة التحديات المستقبلية.

النجمة: ترمز إلى الأمل والتجديد والتوازن الروحي، تشير إلى وجود فرص جديدة وإمكانية تحقيق أحلام وطموحات روجرز.

العُشَّاق: تعكس الحبَّ والشَّراكة والتَّواصل العاطفي. تلمح إلى أهمية العلاقات القوية والصادقة في حياته.

نظر روجرز إلى الكروت المتبقية بحذر، وبينما كان يتأمل لاحَظَ كارتًا يتميَّز برمز يشير إلى الخيانة، اختاره بتردُّد، وسلَّمه إلى لوبيتا مع بعض القلق.

الطاقة: يمثِّل هذا الكارت قوَّة الشهوة والانجذاب، وفي سياق السؤال المطروح قد يشير إلى وجود خيانة أو تحدِّيات في العلاقات العاطفية لروجرز.

يدعو الكارت للحذر والتأنِّي في التَّعامل مع العواطف والشراكات.

لوبيتا تقرأ الكارت، وتحاول توضيحه لروجرز بصوت متَّزن ومتحفِّظ، تعلن أنَّ الكارت يمكن أن يشير إلى وجود توتُّرات أو تحدِّيات في العلاقات العاطفية، وتنصحه بالاهتمام بالثقة والصداقة في العلاقات، والبحث عن توازن بين الشغف والوفاء.

تشدِّد على ضرورة فهم دوافع الآخَرين، والتَّواصل الصادق لمنع الخيانة وحلِّ المشكلات المحتمَلة.

صمتَ روجرز للحظة، تأمَّل الكارت ومعانيه، شعرَ بتأثُّر وتوتُّر معًا، يدرك أنَّ هذه القراءة قد تكون ذات صلة بتجاربه وتحدِّياته الشخصية، قد يشكِّك في دقَّة تلك القراءة، ولكن في نفس الوقت يكون متأمِّلًا في تصحيح المسار وتجنُّب الأخطاء المحتمَلة.

يصبح الجوُّ في المكان مشحونًا بالتوتُّر والتَّوقُّعات، والجميع يترقَّب بفضول لمعرفة ردِّ فِعل روجرز، وكيف سيُواجه المستقبل المشخَّص له، ويبدو على روجرز تعبيرات الدهشة والصدمة، يبدو أنَّه لن ينسى تلك الليلة.

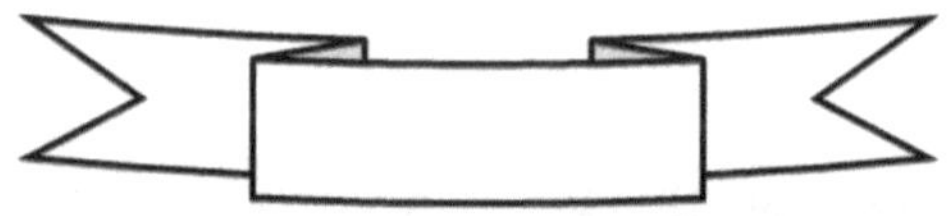

الفصل الرابع

وفي أعماق الألغاز الضائعة لحضارة الأزتيك، وجد ماتيوس بوَّابة إلى عالم مفقود ينبض بالأسرار والإثارة.

كان الغموض يحيط بكلِّ خطوة يخوضها، ولكنَّه لَم يستسلم أمام التحدِّيات، مع كلِّ قطعة مِن اللغز الذي يجمعه يزداد إصراره وتأجُّج شغفه؛ فقدِ كانت هذه الرحلة لاكتشاف حضارة الأزتيك فرصة لماتيوس لإثبات نفسه وإشاعة بصمته في عالم الباحثين.

ومع كلِّ قطرة مِن العرق وكلِّ ساعةِ سهر، اقترب ماتيوس مِن كشف الغموض المحيط به، فهل سيتمكَّن مِن فتح أبواب الحقيقة وكشف أسرار هذه الحضارة العريقة؟ وما العواقب التي تنتظره في هذه الرحلة المثيرة؟

الفصل الرابع
رحلة ماتيوس في عالم الغموض والتحدِّي

يرتدي ماتيوس نظّارته، يحوم حوله هواء التركيز والتوتُّر، تناثرَتِ الأوراق المليئة بالمعلومات حوله، تشير إلى ساعات طويلة قضاها في البحث المكثَّف، يرغب في استنتاج شيء مجهول يتعلَّق برحلتهم، يرغب في إثبات نفسه وقدراته الباحثة كونه أحدث عضو في الفريق، يرغب بالتأكيد في أن يكون قد وجد إجابة مهمَّة.

فجأة ينهض ماتيوس مِن مكانه، ويصرخ بصوت مليء بالإثارة والحماس:

- لقد وجدتُها، وجدتُها، نعَم، لقد وجدتُها.

العينان اللامعتان تشعّان بالفرح والتحمُّس، يشعر بالتأكيد أنّه قد توَصَّل إلى شيء مهمٍّ ومؤثّر في رحلتهم.

فدخلت عليه مكتبه ماريا وستيف متعجِّبَين مِن هذه الضجَّة المفاجِئَة، وسألَته ماريا:

- ماذا بكَ أيها المجنون؟! ما الذي حدثَ لكلِّ هذه الضجَّة؟

ليجيب بحماس وهو ينظر إليهما:

- الخرافة، السرُّ واللغز في الخرافة، نحن نتعامل مع الخرافات على أنّها خرافة وليس لها فائدة، ولكنّي وجدتُها، وجدتُها.

التفَتَ أعضاء الفريق إلى ماتيوس بدهشة، وهم يشعرون بالفضول والحماس لمعرفة ما اكتشفه.

ماريا:

- ماذا وجدتَ؟ أخبِرنا يا ماتيوس.

ستيف:

- نعم أخبِرنا، أنتَ في حماسة كبيرة!

نظر ماتيوس إلى زملائه بابتسامة وثقة وقال:

- لقد وجدتُ أدلَّة مهمَّة عن موقع غامض يرتبط برحلتنا، يبدو أنّها توضِّح أصل هذه الرحلة وتكشف عن أسرار قديمة، إنّها فرصتنا لاكتشاف الحقيقة وراء كلِّ ذلك.

وبدأ الجميع يتحدَّثون بحماس وتشوُّق.

ماريا:

- هذا رائع! أخيرًا نحن قريبون مِن كشف الحقيقة الكاملة.

سأله ستيف:

- حسنًا.. ما الذي وجدتَه؟

فقال:

- سأُخبركما لاحقًا، الآن سأذهب لجان لأخبره أولًا، ولأتأكَّد مِن المعلومات التي توصَّلتُ إليها لتكتمل فرحتي.

ركض ماتيوس نحو غرفة الاجتماعات بسرعة البرق، ولكنَّه تسمَّر مكانه فجأة عند الباب الذي كان يَصدر منه صوت عالٍ إثر حديث جان وريتشارد، وسارة وألبرت.

توقَّف مكانه كالصَّنم، فبدأ يسترق السمع وجان يقول:

- اهدَأ أيا ريتشارد، لا تكُن بهذه العجرفة، استمِع إليَّ للنهاية، وبعدها قرِّر.

ليضرب ريتشارد يده بعُنف على الطاولة معترِضًا ويقول:

- لن أهدأ، أنا لستُ غبيًّا، ولا أحبُّ أن يتعامل معي أحد على أنَّني غبي، خاصَّةً أنَّنا فريق واحد، ويجب أن نعلم كلَّ شيء يحدث معنا، فنحن نخاطر بأرواحنا وليسَت مجرّد رحلة فحسب، إذا كنتم لا تثقون بنا حتَّى لا تخبرونا الحقيقة كاملة،

فَلِمَ إهدار الوقت؟! يمكنكم بكلِّ سهولة أن تعفوني مِن تلك المهمَّة التي لا أعلم عنها شيئًا.

ليقاطعه جان محاولًا تهدئة الأجواء:

- اهدَأ ولا ترفَع صوتك، فكلُّ شيء ستعرفونه في وقته المناسِب.

ما أثار استفزاز وعصبية ريتشارد أكثر، وبدأ برفع صوته مرَّة أخرى بشكل واضح ليقول:

- أنا أعرف المموِّل الحقيقي للفريق، إنَّها منظَّمة سرِّية، ولكنِّي لا أعلم سبب تلك السرية الغريبة غير المبرَّرة، فنحن نقدِّم خدمة للعالم ونحميه مِن السرقة، فلماذا نجعل الأمر سرًّا؟! أنا أتعجَّب من المبالغ الضخمة التي تتضاعف بحساباتنا البنكية، وأتعجَّب مِن اختفاء الصولجان وتاج القطرين، لقد كانا بِحَوزتنا في المغامرة السابقة، ولكنَّهما اختفيا، ومع ذلك لَم نتعرَّض للمساءلة القانونية أو المحاكمة العسكرية، حتى الغرامة لَم تُوَقَّع علينا، ولَم نُحرَم مِن المكافأة، أخشى أنَّنا نعمل في الفريق الخطأ يا أستاذ جان!

يبدو أنَّ الجملة الأخيرة كانت قادرة على استفزاز جان حتَّى قام بشكل مفاجئ، ووقفَ بعصبيَّة مُسنِدًا يده على الطاولة، وقال بنبرة عصبية:

- احذر لحديثك يا ريتشارد، فتاريخ بطولاتي لن تَسَعَه الكُتُب، وأنت تأتي لتشكِّك في نزاهتي! حسنًا.. ما دام وصل حديثنا لهذه النقطة، سأُضطَرُّ أن أُخبِرك، نحن فريق يعمل ضمن المنظمة العالمية للبحث عن الآثار، ويتمُّ تمويل هذه المنظَّمة مِن قِبَل الأمم المتحدة، إلا إنَّنا نعمل بسرية بالغة، وذلك نظرًا لحساسية الموضوعات التي نبحث فيها، تشكَّلَ هذا الفريق بعد الحرب العالمية الثانية، حيث توصَّلَت دول التحالف ودول المحور إلى اتِّفاق حول ضرورة إحياء الجمعية القديمة المسؤولة عن الحفاظ على آثار سكان أطلنتس (الجزيرة المفقودة).

تمَّ تشكيل هذه الجمعية في اليونان، وهي واحدة مِن أقدم الجمعيات المعروفة، وتُعَدُّ تجسيدًا للجمعية اليونانية للحفاظ على آثار حضارة أطلنتس.

اجتمعَتِ الجمعية لأول مرة في عهد دراكو في عام 621 قبل الميلاد، حيث كان مقرُّها على تلَّة غرب الأكروبوليس، وكان أعضاء الجمعية يجتمعون أربع مرَّات في الشهر، وكان دور هذه

الجمعية هو الحفاظ على آثار حضارة أطلنتس، والعمل على الحفاظ على تراثها وثقافتها.

كلُّ هذه المعلومات تثير شغفًا واهتمامًا داخليًا، وشعورًا بالتأثُّر والحماس؛ لأنَّنا جزءٌ مِن هذا الفريق الذي يحمل مسؤولية حماية ودراسة تاريخ أطلنتس، والحفاظ على ما تبقَّى مِن آثارها.

نظر ريتشارد بتركيز، ليقاطعه سائلًا:

- ولماذا نسرق هذه الآثار إذًا؟

غضب جان مرة أخرى وقال:

- ستقول نسرق مرَّة أخرى؟! يا دكتور نحن لا نسرق، نحن فقط نجمع تلك الآثار في مكان آمِن؛ لأنَّ هذه المقتنيات بها قدرات خارقة ومدمِّرة يمكنها أن تنسف العالم إذا وقعَت في أيدي الأشرار.

بدأ ريتشارد يشعر بالأسف، وبدأت ملامحه في الهدوء، وكان سيوجِّه سؤالًا آخَر، فقاطعه جان وهو يغادر غرفة الاجتماعات:

- لقد انتهيت اليوم، ولا أريد أن أتفوَّه بكلمة أخرى.

ليفتح جان الباب، ويتفاجأ بماتيوس متحجِّرًا أمام الباب بعد أن سمع كلَّ كلمة، فنظر إليه جان صامتًا ومتفاجئًا، فقاطع ذلك

السكون ألبرت الذي كان غاضبًا مِن جان للتصريح بهذا الكمِّ من المعلومات في هذا التوقيت، وقال لماتيوس:

- ماذا تفعل هنا؟ منذ متى وأنت واقف؟

لتنظر إليهم سارة وهي تضحك في لا مبالاة لتقول:

- ماذا بكم يا أصدقاء؟! لماذا كل هذا التوتر والقلق؟! نحن جميعًا فريق واحد، ويجب أن يعرفوا جميعهم ما الذي يجري بالضبط حتَّى نتجنَّب تلك الأحاديث غير المهمَّة والمهدِرة للوقت.

لينظر إليها ألبرت:

- هل يمكنكِ أن تهدئي قليلًا؟ نحن لا نريد أن نخفي شيئًا، نحن فقط نريد الحفاظ على القوانين.

لتردَّ عليه سارة باستهانة:

- لقد خُلِقَتِ القوانين لنخرقها يا ألبرت، نحن مَن نضع القوانين، ونحن أحرار في اختراقها ووضع غيرها.

يدخل عليهم ستيف وماريا ليجتمع معظم الفريق، فاستغلَّ جان فرصة التجمُّع المفاجِئ، وقال بنفاد صبر:

- حسنًا.. أريد أن يعلم الجميع كلَّ تلك المغامرات السابقة التي قمنا بها في جمع الآثار، كنتم تعتقدون أنَّها مغامرات منفردة، ولكنَّها كانت سلسلة متَّصِلة ببعضها، وكانت قضية واحدة مقسَّمة لأكثر

مِن مهمَّة، وهذه هي مهمَّتنا الأخيرة، والآثار التي نبحث عنها في هذه المهمَّة هي آخِر الحلقات المفقودة.

ثم أخذ نفَسًا عميقًا، وابتلع ريقه بصعوبة، وقال بعصبية:

- لا أريد أن أسمع كلمة واحدة، فقط أريد منكم أن تمنحوني قسطًا مِن الراحة قليلًا، ولنتحدَّث في وقت آخَر.

ثمَّ نظر إلى ماتيوس بحذر وقال:

- وأنتَ يا ماتيوس، أنتَ جديد في الفريق؛ ولذلك عليَّ أن أحذِّرك مِن استراق السمع مرة أخرى بهذا الشكل.

تلعثَم ماتيوس، ولَم يستطِع التفوُّه بكلمة مِن القلق والتوتُّر، ولكنَّه حاول أن يقول:

- ولكنَّني كنتُ أحاو...

- لا أريد أن أعرف، أنا فقط سأكتفي بلفت نظرك، هل كنتَ تريد إخباري بشيء؟

- نعم.. لقد وجدتُ حلًّا لِلغز خرافة مِن الخرافات التي درستُها، وكنتُ أريد أن أطلِعك عليها.

فأجابه جان بنبرة متعَبة:

- حسنًا.. سنجتمع غدًا جميعًا لنعرف ما الذي توصَّلتَ له، فنحن الآن فريق ولن نخبِّئ شيئًا مرَّة أخرى، وأتمنَّى يا ماتيوس ألا تضيِّع وقتنا غدًا بشيء غير مهمٍّ.

يبدو أنَّ ماتيوس أمام تحدٍّ آخَر، فهو الآن عليه أن يبهرهم بما توَصَّل إليه، وعليه إثبات ولائه أكثر بعدما أثار الشكَّ في نفس جان.

اجتمَع جان بالجميع مرَّة أخرى، ولكن هذه المرة كان معهم روجرز عبر الأقمار الصناعية، ودكتور ألبرتو، وبدأ بسرد ما حدث بالأمس، وقال لهم ما فاتهم كله، ثمَّ نظر بحسمٍ لهم جميعًا وقال:

- نحن فريق بالطبع، ولَم أقصد أن أخبِّئ شيئًا على أعضاء فريقي، ولكنَّها كانت أسرار يجب أن تقال في التوقيت المناسب حتَّى لا يتشتَّتِ الفريق، ولكن لا بأس، نحن الآن بصدد أمور قد تَوَصَّل لها ماتيوس خلال بحثه، وسيُخبرنا بها.

بدا ماتيوس متوتِّرًا قليلًا، ولكنَّه حاوَل استجماع نفسه، وسأل بشكل عام:

- مَن هُم آلهة حضارة تولتك القديمة؟

ليُجِيب عليه ألبرت:

- هذه الحضارة هيمنَت على وسط المكسيك، كان لدَيهم حياة دينية غنيَّة، وتميَّزَت ذروة حضارتهم بانتشار عبادات غريبة، وسيطرَت طوائف المحاربين على مجتمع تولتك، ومارسوا التضحية البشرية كوسيلة لكسب حظوة مع آلهتهم.

وأكمل جان وقال:

- هناك أسَّسوا حضارة قوية امتدَّت في النهاية مِن المحيط الأطلسي إلى المحيط الهادئ مِن خلال شبكات التجارة والدول التابعة والحرب، وصل تأثيرهم إلى شبه جزيرة يوكاتان، حيث أحفاد حضارة المايا القديمة.

كان شعب التولتك مجتمعًا حربيًا يحكمه ملوك الكهنة، وبحلول عام 1150 تراجعَت حضارتهم ودمَّرَت تولا في النهاية وتمَّ التخلِّي عنها، واعتبرَت ثقافة المكسيك (الأزتيك) القديمة تولان (تولا) ذروة الحضارة، وادَّعَت أنَّها مِن نسل ملوك تولتيك الأقوياء.

وأكمل ماتيوس وهو يحمل نظَّارته ويتنفَّس بعمق:

- تُهيمِن على سنطقة تولتك المنطقة المقدَّسة، وتشمل مجموعة مِن الأهرامات والمعابد؛ الهرم C هو الأكبر في تولا، ولَم يتمّ تنقيبه بالكامل، تعرَّض الهرم للنهب على نطاق واسع، وهذا حدث قبل وصول الإسبان.

يشترك الهرم C في بعض الخصائص مع هرم القمر في تيوتيهواكان، بما في ذلك اتِّجاهه بين الشرق والغرب.

كان مغطًّى بألواح إغاثة مثل الهرم B، ولكن تعرَّضَت معظمها للنهب والتدمير، وتشير الأدلَّة المتبقِّية إلى أنَّ الهرم C ربَّما كان مخصَّصًا لملوك التولتك.

ثمَّ استكمَل ماتيوس وهو يتحدَّث بشغف:

- الهرم B يقع في الزاوية اليُمنَى عبر الساحة مِن الهرم الأكبر C، يضم الهرم B أربعة تماثيل للمحاربين الطويلة المشهورة في تولا.

تحتوي الأعمدة الأربعة الأصغر على نحوت بارزة للآلهة وملوك التولتك، يُعتقَد أنَّ نقْشًا على المعبد يمثِّل ملوك التولتك بصفتهم آلهة نجمة الصباح.

روبرت كوبان عالم الآثار يعتقد أنَّ الهرم B كان ملاذًا دينيًّا خاصًّا للسلالة الحاكمة، بالإضافة إلى ذلك هناك هياكل أخرى في تولا ذات أهمية دينية؛ "القصر المحروق"، الذي كان يُعتقَد سابقًا أنَّه مكان إقامة العائلة المالكة، يُعتقَد الآن أنَّه كان يخدم غرضًا دينيًّا.

وبينما ينظر الجميع إلى ماتيوس بدهشة، يبدأ في التنفس بعمق، ويضع يديه على الطاولة ليثبت تركيزه، ثمَّ يقول بصوت هادئ ومليء بالتأكيد:

- أعتذِر عن الإثارة، لكنَّ الاكتشافات التي أُحضِرَت مِن تلك المنطقة المقدسة في تولتك تكشف عن أمور لَم يتوقَّعها أحد مِن قَبل، لقد وجدت مؤشِّرات قوية تشير إلى أنَّ هناك رابطًا عميقًا بين حضارة أطلنتس المفقودة وموقع تولتك.

تأمَّل الجميع كلمات ماتيوس بدهشة وإثارة، شعر الجميع بالفضول والتوتُّر، متسائلين عمَّا يعنيه هذا الاكتشاف الجديد، وكيف سيؤثِّر على رحلتهم والتاريخ القديم.

في ذلك الوقت يعود جان إلى الغرفة وهو يحمل وجبة خفيفة، ينظر إلى ماتيوس بعيون مشتعلة بالحماس ويقول:

- ماذا حدث؟ هل وجدتَ شيئًا جديدًا؟

ابتسَم ماتيوس، ورَدَّ بثقة:

- نعم، لقد وجدتُ تلك الروابط المدهشة بين تولتك وأطلنتس، ولدَينا الكثير لنتحدَّث عنه ونستكشفه.

تساءَل الجميع عن التفاصيل والأدلَّة التي عَثر عليها ماتيوس، متشوِّقين لمعرفة المزيد.

تحوَّلَتِ الغرفة إلى مركز حوار حماسي، حيث بدأ الفريق في مناقشة اكتشافاتهم الجديدة وتحليل الأدلة المتاحة.

قاطعه جان وكأنَّه يتوعَّده:

- حسنًا يا ماتيوس، ما الذي اكتشفتَه؟ فكلُّ هذه المعلومات يمكننا معرفتها بشكل أو بآخَر.

ليردف ماتيوس مرَّة أخرى:

- سأخبركم بالشيء الجديد في نهاية ما توَصَّلتُ إليه، ولكنِّي الآن سأخبركم عمَّا تمَّ طلَبه منِّي، تُظهِر أدلَّة وافرة في تولا أنَّ تولتيك كانوا ممارسين متفانِين للتضحية البشرية، على الجانب الغربي مِن الساحة الرئيسة — وربَّما ليس مِن قبيل الصُّدفة — تمَّ وضع رؤوس وجماجم الضحايا هنا للعرض، وربَّما تلك التي سيصصِّم الأزتيك على أخْذها لاحقًا داخل القصر المحروق، وهنا تكمن الحقيقة؛ حيث إنَّه تمَّ العثور على ثلاثة تماثيل شيش مول على هيئة أشكال متَّكِئة تحمل أوعية وُضِعَت فيها قلوب البشر.

تمَّ العثور على قِطَع أخرى مِن شيش مول بالقرب مِن الهرم C، ويعتقد المؤرِّخون أنَّ تمثال شيش مول ربَّما تمَّ وضعه على قمَّة المذبح الصغير في وسط الساحة الرئيسة أو أوعية النسر الكبيرة المفقودة، ولَم يتمَّ العثور عليه حتَّى الآن، وكانت تُستخدَم لتقديم التضحيات البشرية.

بدأ يظهر على وجه جان علامات الدهشة، ليكمل ماتيوس بمزيد مِن الثقة:

-حسنًا.. كلُّ هذه المعلومات صحيحة، ولكن هناك شيء غريب في هذه القصص، لَم يَستخدِم أحد مِن هذه الحضارات تلك الآثار المدمِّرة ولو لمرَّة واحدة، لقد قامت تلك الحروب لأنَّ مَنِ اخترعها أصيب بلعنة جعلَته يفقد حياته بنفس اللحظة، وتركَ بجانبه أوراقًا فيها طريقة عملها، ولكن بشكل غريب وغامض عبارة عن لغز، تلك الورقة إذًا وقعَت بيدِ شخصٍ ما يمكنه أن يدمِّر العالم بمجرَّد أن يحصل على تلك الآثار، فإذا كانت هذه الخرافة صحيحة، فنحن سنكون بصدد البحث عن لغز إضافي.

نظر جان بدهشة لما قاله ماتيوس وقال:

- لا أتمنَّى أن يكون هذا الحديث صحيحًا، فهناك خرافة تقول إنَّه يوجد لغزٌ غارق في أعماقِ الرمال تضعه الطيور على جزءٍ منها، وبمجرَّد أن يكتمل قرص الشمس يمكنك قراءة اللغز، هل يُعقَل أن تكون هذه الورقة هي اللغز المقصود؟

قاطَع الاجتماع ألبرتو الذي دخل بخطوات سريعة حاملًا حقيبتَين:

- أعتذِر عن التأخُّر، ولكنّي كنتُ أُحضِر لكم شيئًا ستشاهدونه أوَّل مرَّة الآن.

فتح الحقيبتَين ليُخرِج منهما الصولجان، وتاج القطرين!

ظهرَ الذهول والصدمة على كلِّ مَن يجلس في قاعة الاجتماعات، فقالت ماريا بذهول:

- إذًا ما قلتموه صحيح، فأنتم تحتفظون بالآثار، ولَم تكن مفقودة كما أخبرتمونا.

قال ألبرتو:

- إنَّه ليس وقت الذهول والصدمة، إنَّه وقت العمل، علينا أن نحصل على باقي الكنوز قبل أن تقع بأيدي الأشرار والمدمِّرين.

ضحك جان ساخرًا:

- سنبحث الآن عن ورقة بها لغز علينا حلُّه، بالإضافة لتلك الكنوز، إذا كان حديث ماتيوس صحيحًا.

تعجَّب ألبرتو، ولكنَّه قال:

- ما دُمنا معًا ومتَّحِدين، سنستطيع أن نصِل إلى ما نريد في النهاية.

وبنبرة مِن الإعجاب مِن الدكتورة سارة، فجَّرَت مفاجأة أربكَتِ الجميع، وأثارَتِ الدهشة على وجه ماتيوس بقولها:

- يبدو أنَّ سليل آخِر ملوك تولتك لدَيه الإجابة على ما نريد البحث عنه.

الفصل الخامس

عندما وقفَت ماريا أمام قمَّة جبل بارناسوس الشامخة في اليونان، شعرَت بقلبها ينبض بقوَّة، ورغبَت في الاقتراب واستكشاف أسرار هذه الأرض العجيبة.

كانت ماريا تعلَم أنَّ هذه المغامرة لن تكون مجرَّد تسلية أو هروب مِن الواقع، بل ستكون رحلة تحوُّل حقيقية لروحها، ستغوص في أعماق الطبيعة الخلَّابة، وتواجه تحدِّيات الجبال الشاهقة، لتكتشف في النهاية أنَّ هذه المغامرة ليست فقط عن المكان والإثارة، بل عن التحوُّل الداخلي وتجاوُز الحدود الذاتية، والتَّواصل مع الروح العميقة للطبيعة والذَّات، وسيمنحها تأمُّلًا جديدًا وإلهامًا للمُضِيِّ قُدُمًا في رحلتها الحقيقيَّة نحو النموّ والتحوُّل.

الفصل الخامس
مواجهة الظلال

عام 2009، السابع عشر مِن يوليو، كانت ليلة ممطرة على جبل "بارناسوس" في اليونان، وبالنظر لأسفل الجبل يوجد فريق "جان" المكوَّن مِن (ماريا، ستيف، جان، روجرز، ألبرت، سارة، وريتشارد) بالإضافة إلى مرشد يُدعَى بافلوس.

لَم تستطِع العاصفة أن تخفي معالم الطبيعة ومناظر بساتين الزيتون.

فقال جان بحزم وحماس:

- سنخيِّم هنا اليوم، فالعاصفة شديدة ولا يمكننا المخاطرة حتَّى تهدأ ونستريح، ثمَّ نستأنف رحلتنا مرَّة أخرى.

فقالت سارة:

- أعتقد أنَّه مِن الأفضل أن نبيت بـ (دلفي) ونعود في وقت آخَر.

ليردَّ عليها ستيف ساخرًا:

- هل أنتِ خائفة يا دكتورة سارة؟

لَم تردَّ عليه ولكنَّها اكتفَت بالنظر إليه بتجاهل، لتوجِّه ماريا حديثها إلى ستيف بلا مبالاة:

- دعنا نستمتع بالأمطار يا عزيزي، إنَّه جوُّ رومانسي ومريح، دعنا نستمتع به فحسب، كما أنَّ هذا المكان يُعَدُّ موطِنًا للفنون والفنَّانين مثلنا.

ليبتسم ستيف ناظرًا إلى سارة نظرة ساخرة، وبنبرة رومانسية مفتعَلة قال:

- كما أنَّ جبل بارناسوس يحتوي على كلمة "بارنا" ومعناها "منزل" أعتقِد أنَّنا الآن سنقضي وقتًا لطيفًا في منزلنا المؤقَّت يا عزيزتي.

على الجانب الآخَر كان روجرز يأخذ خطواته بصعوبة بسبب العاصفة تجاه جان، ويقول له:

- لا أظنُّ أنَّنا سنستطيع المبيت هنا أو التخييم؛ لأنَّ العاصفة ستقلع الخيام مِن جذورها، وستتطاير في الهواء، ولن نستطيع التحكُّم بها.

ليقول جان:

- نعم.. أنا أوافقك الرأي، ولكن أين يوجد أقرب كهف هنا؟ ما رأيك يا بافلوس، هل لدَيك فكرة عن الكهف الأقرب لنقطتنا؟

ليجيبه بافلوس وهو يتفحَّص الخريطة:

- وفقًا للخريطة، فأقرب كهف هنا هو في أعلى هذا الجبل بـ 15 مترًا، وتوجد صخرة هناك بعدها يجب المرور عبر ممرٍّ ضيِّق وإنزال حبل ليصعد باقي الفريق.

لتجيب ماريا:

- أنا سأقوم بتلك المهمَّة، فأنا أكثر شخص مؤهَّل للتسلُّق.

أخذَت ماريا حبلًا، وبدأَت بالشروع في الصعود للجبل، وما إن وصلَت لمنتصف الطريق حتَّى حدثَ انهيار مِن تحت قدمها، لتصرخ بكلِّ قوتِها:

- لا أريد أن أموت، لا.

تستيقظ ماريا وجسدها ينتفض ويرتعش مِن الفزع، وبجانبها ستيف الذي استيقظ بدَوره مفزوعًا ليسألها:

- ماذا بكِ يا ماريا؟ هل عُدتِ لنفس الحلم مرَّة أخرى؟

هزَّت رأسها بالإيجاب وهو يحاول أن يهدِّئ مِن روعها وفزعها، فعانقها لتهدأ قليلًا، ثمَّ قاطعهما صوت طَرق الباب،

يبدو أنَّ صوتها كان واضحًا، ليذهب ستيف لفتح الباب، ويجد سارة وماتيوس.

دخلَت سارةُ باستعجال متوجِّهة نحو ماريا:

- ماذا بكِ يا ماريا؟ لماذا كنتِ تصرخين؟

ليجيب ستيف بدلًا عنها:

- إنَّه نفس الحلم يتكرَّر يا دكتورة سارة، إنَّ ماريا تعاني مِن تكرار حلم معيَّن مرَّة تِلو الأخرى.

لتردَّ ماريا بعصبيَّة خفيفة:

- إنَّه مجرَّد حلم يا ستيف، لا تضخِّم الأمور.

لتقول سارة:

- هل يمكنكِ أن تسردي لي الحلم مِن فضلك؟

فقالت ماريا:

- لقد حلمتُ أنَّني سقطتُ مِن جبل بارناسوس، وصعدتَ هذا الجبل بدلًا مِن بافلوس.

ليسأل ماتيوس:

- مَن هو بافلوس؟

لتجيبه سارة:

- إنَّه المرشد اليوناني الذي كان يساعدنا للبحث عن الصولجان في المهمَّة الماضية.

وأردفَت مرَّة أخرى:

- هل تستطيعين الحديث الآن؟

لتردَّ ماريا:

- لا يمكنني الحديث الآن، إنَّه مجرَّد حلم.

سأل ماتيوس بحماس وقال:

- أين وجدتُم الكنز؟

أجابه ستيف وقال:

- وجدنا الكنز على جبل بارناسوس، حيث غمرَتِ الأمطار الغزيرة المدينة، وهنا ظهرَ الكنز.

قاطعَتهم ماريا:

- هل يمكنكم أن تغادروا غرفتي الآن؟ فأنا أشعر بالصداع، وأريد النوم.

غادر الجميع الغرفة، ولكن بقِيَ القلق مرسومًا على وجوههم.

نظر ستيف إلى الدكتورة سارة بتوتُّر وهمسَ:

- ألاحِظ أنَّ هذه الأحلام المزعجة لماريا تتكرَّر كلَّما اقتربنا مِن مهمَّة جديدة، هل تعتقدين أنَّ هناك صلةً بينها وبين ما سنواجهه في هذه الرحلة؟

استغرقَت دكتورة سارة لحظة في التفكير، ثمَّ التفتَت نحو ستيف، وردَّت بصوت مليء بالتَّعاطف:

- قد يكون هناك علاقة بين الأحلام التي تعاني منها ماريا وما سنواجهه في المهمَّة القادمة، ربَّما تكون ردود فِعل غير معلومة تنبُّؤًا بمخاطر أو تحدِّيات قد نواجهها في هذه الرحلة المثيرة.

شعر ستيف بتوتُّر، وعبَّر عن مخاوفه:

- لكن هل هذا يعني أنَّ ماريا قد تكون في خطر؟ أنا لا أريد أن تتعرَّض لأي ضرر على الإطلاق.

تتَّجِه دكتورة سارة بنظراتها المهدِّئة نحو ستيف، وتردُّ بصوت هادئ:

- فلنطمئنَّ بأنَّنا سنحمي بعضنا البعض، ونعمل كفريق واحد، سنكون حذِرين ونأخذ كافَّة التدابير اللازمة لِضمان سلامة الجميع، سنقوم أيضًا بمراجعة مزيد مِن التفاصيل حول الرحلة ومهمَّتِنا لِفَهم سياق تلك الأحلام وتأثيرها على ماريا.

تنقلب المشاعِر في الغرفة بين التوتُّر والقلق والثقة والتأكيد، يجلس الفريق في حلقة مغلقة، مُجمعًا قدراتِهم ومواردهم العاطفية لتقديم الدَّعم والتشجيع لِماريا.

يلتفت الجميع نحوها بابتِسامة مشجِّعة، ويعبِّرون عن استعدادهم للوقوف إلى جانبها خلال الرحلة.

ضمَّ ماتيوس يديه، وقال بلُطفٍ:

- ستكونين بخير ماريا، نحن هنا لندعمك ونحمي بعضنا البعض، لا تقلقي.

نظرَت ماريا إلى أعضاء الفريق، وشعرَت بالارتياح والثقة بوجودهم، ابتسمَت وقالت بصوت هادئ:

- أشكركم جميعًا على دعمكم، أنا مقتنعة الآن أنَّنا نعمل كفريق واحد، وسنتجاوز تلك الأحلام المزعجة معًا، لنواجه هذه المهمَّة بقوَّة وتصميم.

ينتاب الجميع شعور بالتفاؤل والتجدُّد، يبدؤون في وضع الخطط وتحضيراتهم للرحلة، مع وعد بالحفاظ على بعضهم البعض والتعاون في كلِّ تحدٍّ يواجههم.

يسود الشعور بالترابط والمساندة في الغرفة، حيث يدرك الفريق أنَّهم لن يواجهوا التحدِّيات وحدهم، بل سيتشاركون فيها معًا، مع تطلُّعهم لتحقيق النجاح والكشف عن أسرار تلك الرحلة المثيرة.

الفصل السادس

عندما نتأمَّل تاريخ البشرية، نجد أنَّه شهد هلاك العديد مِن الحضارات العظيمة، كانت هذه الحضارات تُعدُّ قمَّة التقدُّم والتفوُّق في فنون العمارة والعلوم والثقافة، لكن رغم روعتها وعظمتها فإنَّها تلاشَت مع مرور الزمن كما لو أنَّها محكومة بقانون طبيعي لا مفرَّ منه، وهو هلاك الحضارات.

فماذا يحدث ليجعل الحضارات تضمحِل وتندثر؟ هل هو نتيجة للكوارث الطبيعية؟ أم بسبب الصراعات الداخلية والحروب؟ أم ربَّما يكمن السبب في عوامل أخرى مثل الجفاف والمجاعة أو التدَهور البيئي؟

فقد تتعلَّم الحضارات الحديثة مِن أخطاء الماضي، وتجد السُّبل للبقاء والازدهار، أو قد نجد أنَّنا معرَّضون للوقوع في نفس الأخطاء والتَّلاشي.

الفصل السادس
سقوط العظمة

في اليوم الثاني كانت سيارة الفريق مجهَّزة بكلِّ الأدوات والأجهزة اللازمة، وكان جميع أعضاء الفريق مستيقظين ومستعدِّين، والحراس يسرعون في وضع الحقائب في السيارة.

وعلى الجانب الآخَر كان ماتيوس شاردًا في شيء غريب، فلاحظَت سارة، وتوجَّهَت له وقطعَت شروده متسائلة:

- ما بك يا ماتيوس؟ هل أنت متوتِّر؟ أم أنَّ هناك شيئًا تريد السؤال عنه؟

تفاجأ ماتيوس أنَّها لاحظَت الأمر، فأجابها:

- أنا أشعر أنَّني غريب وسط هذا الفريق، فلا أحد يهتمُّ بما أقوله، إذا لَم يكن هناك أهمية لوجودي فلماذا تمَّ اختياري؟! أنا أنظر لكلِّ أعضاء الفريق الآن ولا أشعر أنَّكم بحاجة إليَّ، حتَّى المعلومات التي توصَّلتُ إليها يمكن لأي شخص الوصول لها.

فنظرَت إليه سارة باهتمام، وكانت على وشك قول جملةٍ ما، حتَّى قاطعهما جان الذي كان يسمع هذا الحديث مِن البداية، ووجَّه حديثه إلى ماتيوس قائلًا:

- هل تعتقد أنَّنا لا نعلم أنَّك آخِر فرد في سلالة ملوك تالوك؟ نحن نعرف هذه المعلومة، ولدَينا أمل أن تكون عنصرًا يفيدنا في مغامرتنا، ولا تنسَ أنَّكَ استطعتَ مفاجأتنا بذكائك.

اتَّسَعَت حدقة عين ماتيوس مِن الدهشة، فأردف جان مرَّة أخرى وقال:

- حسنًا.. ألا تتوقَّع أنَّ لكل إنسان على وجه الأرض إرثًا حضاريًا وتاريخيًا، وبالرجوع إلى أجداده وأسلافه، منهم مَن كان مزارِعًا، ومنهم مَن كان محاربًا، ومنهم مَن كان تاجرًا، ومنهم مَن له إرث الملوك، التاريخ والعالم يشهد أنَّ الجينات لها تأثير على الشخص بالإضافة إلى تأثير البيئة.

وللإجابة على سؤالك عن سبب اختيارك، فهو بسبب براعتك في علم الحاسب الآلي، حيث راقَبنا تصرُّفاتك بعد حصولك على المركز الأول في المسابقة الدولية للأمن السيبراني التي أقيمت في برلين العام الماضي، ونتيجة البحث عن معلومات تخصُّص اكتشفنا صِلتك بملوك التولتك، حيث تعدُّ الشخص الوحيد الذي يَسري في دمه إرث هذه الحضارة.

أردفَت سارة بابتسامتها المعهودة:

- ألا تَذكر أنَّكَ خضعتَ أنت وأصدقاءك لاختبار تحديد السلالات العام الماضي؟

ماتيوس:

-نعم، ولكنَّ المعلومات يجب أن تكون سرِّيَّة.

سارة:

- أنتَ أدرى بما أنتَ قادر عليه، ولا توجد سِرِّيَّة في أي بيانات، إنَّنا في عصر البيانات، ومَن يحصل على أكبر قدر منها هو مَن سيَسود العالم.

استمرَّ الحديث على البروتوكولات والأمور الفنية التي يجب أن يحافظ عليها في ظلِّ التقدُّم التقني، وكان لدى ماتيوس شعور غريب بأنَّهم لا يزالون يخفون الكثير مِن الحقيقة الغامضة، التي لَم يجد سببًا مقنعًا في إخفائها عنه، حتَّى وصولهم للطائرة التي كانت واقفة على المدرَّج، والتي كان يحلم يومًا مِن الأيام بالركوب فيها أو امتلاك واحدة مثلها كما كان يشاهد في الأفلام، وكيف كان التجار ورجال العصابات يستقلُّونها، حيث هزَّ ماتيوس رأسه، وبدؤوا بالنزول مِن السيارة المتوجِّهة نحو الطائرة التي ستحلِّق بهم إلى المغامرة المنتظَرة.

وما إن وصلوا إليها حتَّى قام ماتيوس بإلقاء دعابته:

- أريد أن يُنزِّل أحدكم حقيبتي؛ فأنا لستُ شخصًا عاديًا، إنَّني سموِّ الملك ماتيوس آخِر سلالة التالوك.

ضحك الجميع مِن دعابته، ثمَّ قالت له سارة ساخرة:

- حسنًا أيها الملك، أحضِر حقيبتك وحقيبتي معك.

لاحَظَ ماتيوس أنَّ ريتشارد صامت طوال الرحلة ويجلس بعيدًا متجنِّبًا أيَّ حديث، فقام بسؤال سارة قائلًا باهتمام:

- ما وجهة نظرك النفسيَّة عن تجنُّب ريتشارد الفريق وجلوسه وحيدًا وصامتًا؟

فضحكَت سارة بصوت عالٍ، ويبدو أنَّها كانت تنوِي فِعل مقلب ما في ماتيوس، فرفعَت صوتها موجِّهةً حديثها لريتشارد:

- هل رأيتَ يا ريتشارد؟ لقد جعلتَ الأعضاء الجُدُد يتساءلون عن تجنُّبك لنا.

شعر ماتيوس بالإحراج الشديد؛ فقد كان يهمس لها بصوت خافت، ولكنَّها رفعَت صوتها أمام ريتشارد الذي علِم أنَّه كان يتحدَّث عنه.

كان وقتها ريتشارد يرتدي نظَّارته وممسكًا بكتاب ضخم، فخلع نظَّارته ونظر إلى ماتيوس بغضب، ثمَّ ابتسَم فجأةً له، وأخذ الأمر ببساطة، وقام مِن مجلسه البعيد، واقترب مِن أعضاء الفريق أكثر.

وبعد صعود أعضاء الفريق الطائرة، قامت سارة بإكمال دعابتها، يبدو أنَّها لَم تنتهِ بعد، ووجَّهَت حديثها إلى ريتشارد بصوت عالٍ يسمعه ماتيوس:

- هل تعلم يا ريتشارد ما السؤال الذي سألني إيَّاه ماتيوس؟

لِيَشعر بعدها ماتيوس بالإحراج الشديد، وتحمرّ وَجنتاه مِن الخجل.

فقال ريتشارد بمزاح:

- نعم أخبريني ما السؤال الذي سأله.

في محاولة مِن سارة في كتْم ضحكتها قالت:

- إنَّه يسألني عن تشخيصك النفسي، والتفسير النفسي وراء تجنُّبك وانطوائك.

كان لا يزال ماتيوس مُحرَجًا، وينظر إلى سارة التي تُصِرُّ على إحراجه.

فضحكَ ريتشارد بصوت عالٍ، وقال مازحًا لجان وباقي الأعضاء:

- يبدو أنَّ هناك عاشقين جديدين سينضمَّان للفريق، فسارة لَم تكن بهذه الروح الفكاهيَّة مِن قبل.

لتنقلب الآية وتشعر سارة بالإحراج هي الأخرى، فحاوَل جان إنقاذ موقفها وانتشالها مِن الخجل، وقال لريتشارد:

- لقد أخبرتَنا مِن قبل يا ريتشارد أنَّ هناك حضارات انتهَت بسبب انتشار الرذيلة والأمراض التي نتجَت عن هذه الأفعال.

لاحَظَ ريتشارد أنَّ جان يريد تغيير الموضوع، فلَم يتجاهل الأمر، وبدأ بالإجابة عن سؤاله، حيث بدأ باستعراض سردٍ تاريخي عن الحضارات التي بادت:

- استعرَض غوستاف لوبون في كتاب «حضارات الهند» عرضًا تاريخيًّا شاملًا بالتحليل لتطوُّر النظام الديني والاجتماعي لحضارة الهند، وكيفيَّة تطوُّر المجتمع المدني، والعوامل التي أدَّت إلى هذا التطوُّر، وبحث أيضًا في الحوادث التاريخية والحوادث الطبيعية، وكيف أرسلَت الأجيال الغابرة الرسائل بما انتهى إليه مِن الكتابات والنقوش والرسوم، وبعرض صور لبعض آثار تلك البلاد العريقة التي شكَّلَت منبتًا للكثير مِن المعتقدات والديانات.

فأكمل ألبرت الذي أعجبه الطَّرح التاريخي لريتشارد وقال:

- ليس لدينا كتابَ تاريخ يبين آثار الهند القديمة، وهناك ما يقرب مِن ألف سنة لَم يُسلَّط عليها الضوء، وتمَّ تسليط عدد قليل مِن الكتابات على ما تركَته هذه الحضارة.

فبدأت مناظرة رائعة فجأة على متن الطائرة عندما انضمَّ جان لهذه المناقشة ليضيف قائلًا:

- ليس لدَينا أي وثائق تدرس حضارة الهند لِمَا يقرب مِن أربعة آلاف سَنة، حيث سكن الهندَ شعوبٌ بلغَت درجات متفاوتة مِن الحضارة، ولا يمكن القياس عليها في تكوُّن الحضارة.

ثمَّ أردف ريتشارد:

- لكن ما انتهى إلينا مِن الكتب الدينية كَكُتب الويدا، ومِن الحماسيَّات كالراماينا والمهابهارتا، ومِن الشَّرائع القديمة كشرائع مَنُو، يكفي لتمثّل الأحوال الاجتماعية في الأزمنة التي وُضِع فيها، وما وصل إلينا عن الهند القديمة مِن مئات القصص والأمثال والأساطير يدلُّنا على شعور الأمم التي أبدعَتها، وأفكارها ونظَرها إلى الأمور، وما بَلَغَنَا مِن المباني وأحاديث الشهود القليلة مع الأسف، كأحاديث السفير اليوناني ميغاستين، والحاجَّين الصينيَّين فاهيان وهيوين سانغ عن الحضارة الهندية وما وصلَت إليه.

ثمَّ قاطعَتهم سارة بمقولة قديمة للنَّاسك الهندي هِتُوبَديشا:

- لا يأتي ما لا يجب أن يأتي، ويأتي ما يجب أن يأتي، ففي هذا تِرْياق سموم الهموم.

فقال ستيف بسخرية:

- الآن الجميع أصبح ضليعًا ومتعمّقًا في علم الحضارات.

تجاهلَه ريتشارد الذي وجَّه حديثه لسارة قائلًا:

- أحسنتِ يا دكتورة، هنا انهارَتِ الحضارة الهندية عندما بدأ انتشار الفساد والحروب والرَّذيلة، فبدأ الناس في اللجوء والتقرُّب إلى الله، فكان الوسيط للتقرُّب مِن الله هُم رجال الدين والكهنة، وبدأت أفكار هتوبديشا بالتغلغل في المجتمع والدعوة إلى تجلِّي الأرواح إلى خالقها والذهاب إلى الحياة الأخرى.

فأكمَل ألبرت:

- نعم، بالضبط، بالإضافة إلى انقسام الحضارة الهندية إلى مذاهب كثيرة تتألَّف من البرهمية الجديدة أو الهندوسية التي تنقسم لديانتَينِ سائدَتَينِ: ديانة شِيوا، وديانة وِشنو، ويتألَّف الثالوث الهندوسي مِن هذَين الإلهَين الكبيرَين اللَّذَين يُقدِّس لهما الهندوسي التَّقيُّ مع بَرَهْمَا العظيم.

ثمَّ ختم ريتشارد وقال:

- مع أن بَرَهْمَا أقوى هذه الآلهة الثلاثة فإنَّه ليس له عُبَّادٌ خصوصيُّون، ولا تكاد تجد في الهند معبدًا خاصًّا به، وسبب ذلك هو أنَّ الدِّين لدى الهندوسي تصويريٌّ مادِّي، فبينما تعمر رموز شِيوا وتقمُّصات وِشنو المعابدَ بالأشكال والصُّوَر لَم يُمثَّل بَرَهْمَا تمثيلًا ظاهرًا؛ بل يظلُّ بَرَهْمَا هذا (الروحَ الكبرى التي تُلْمَس فتَهَبُ الحياة لجميع الخلق)، فيطمع الهندوسي أن يفنَى فيها، وهنا نتجَ عن الاستخدام السَّيِّئ لأدوات حضارة أطلنتس انتشار الأمراض عبر النهر المقدَّس الذي تقدِّسه هذه الحضارة.

عَمَّ الصمت، ثمَّ قال جان ليمدَّ المناظَرة:

- وماذا عن الحضارات الأخرى يا دكتور؟ هل شـهِدَت نفس النهاية؟

ليجيب ريتشارد كأنَّ الإجابة مجهَّزة بعقله، فقال:

- الحضارة هي نظام اجتماعي يعين الإنسان على الزيادة مِن إنتاجه الثقافي، وتتألَّف الحضارة مِن أربعة عناصر: الموارد الاقتصادية، والنُّظُم السياسية، والتقاليد الخُلقية، ومتابعة العلوم والفنون، وهي تبدأ حيث ينتهي الاضطراب والقلق؛ لأنَّه إذا أمِنَ الإنسان مِن الخوف تحرَّرَت في نفسه دوافع التطلُّع وعوامل الإبداع والإنشاء، وتنتهي مع انتهاء هذه المكوّنات،

ويمكن أن توضَّح بصورة جليَّة في حضارة الهكسوس، وهي نتاج هروب عدَّة حضارات إلى الأراضي المصرية، واحتلَّت هذه الأرض لمائة سنة قبل أن يتمَّ طرْدهم منها بسبب مرض الجذام الذي أصاب الكهنة في البداية قبل أن ينتشر لبقية المجموعة.

وهنا تدخَّل وقاطعَه ألبرت قائلًا بذكاء:

- لا تنسَ أنَّ هناك شكًّا في صحَّة هذه الرواية، حيث يوجد اختلاف بين مؤرّخ القرن الأول الميلادي جوزيفوس في كتابه "ضد أبيون" والتَّزامن بين الرواية التوراتية لخروج الإسرائيليين مِن مصر، وحدثَين شبيهَين بالخروج يبدو أنَّ المؤرّخ المصري مانيتون ذَكرهما (تقريبًا في عام 300 قبل الميلاد)، فمِن الصَّعب التَّمييز بين ما رواه مانيتون بنفسه، وما قام بتفسيره جوزيفوس أو أبيون.

فلَم يتفاجَأ ريتشارد، وقال بكلِّ ثبات:

- جوزيفوس يَعتبِر الخروج الإسرائيلي هو أوَّل خروج ذَكَره مانيتون، عندما ترك مصر ورحل إلى القدس نحو 480,000 هكسوسي "الملوك الرُّعاة".

بدأتِ المناظرة ترتفع حدَّتها، فقال ألبرت:

- أشار إليهم جوزيفوس أيضًا باسْم "الرُّعاة" مجرَّدًا على أنَّهم ملوك وعلى أنَّهم أسرَى الرعاة في مناقشته لرواية مانيتون، وكان عصر الهكسوس (القرن السادس عشر قبل الميلاد)، ويقدِّم جوزيفوس أقدم مثال مُسجَّل لأصل أكثر مصطلح قد تكرَّر زيفه لكلمة هكسوس على أنَّه النسخة الهيلينية للعبارة المصرية "حقاو شاسو" والتي تعني "الملوك الرعاة".

ريتشارد:

- ولكن ألا ترى أنَّ معظم العلماء والمؤرِّخين قالوا إنَّ هذا المصطلح مشتقٌّ مِن العبارة المصرية "حقاو خاسوت"، والتي تعني "حُكَّام الأراضي الأجنبية"، أي: إنَّهم خرجوا مِن مكانهم إلى أراضٍ أجنبية؟!

فقال ألبرت:

- يَعتبر أبيون الخروج الثاني الذي ذَكره مانيتون هو عندما قاد كاهن مصري مارق يُدعَى وسرساف 80,000 مصاب بالجذام للتمرُّد ضدَّ مصر، ومِن ثَمَّ قام أبيون بخلط هذه الرواية بما تمَّ ذِكره في الخروج التوراتي، وقال بالمخالفة لمانيتون إنَّ هذا الكاهن المهرطق غيَّر اسمه إلى موسى.

- والعديد مِن العلماء لا يفسِّرون الجذام والكهنة المصابين بالجذام تفسيرًا حرفيًا يشير إلى ذلك المرض، بل إلى منظومة إيمانية جديدة غريبة وغير مُرحَّب بها.

ليقول ريتشارد بحماس وكأنَّه جعل ألبرت يصِل إلى النقطة التي كان يريدها وقال:

- هذا بالضبط ما أريد إخبارك به، وهو أنَّ العديد مِن الحضارات عندما انتهَت كان السبب هو انتشار الأمراض والفساد، كما انهارت بعض الحضارات بسبب الرَّذيلة.

ومع انتهاء تلك المناظرة، ومع آخِر جملة قالها ريتشارد، كانت الطائرة قد وصلَت إلى وجهتها (المكسيك) لتبدأ رحلة البحث عن الكنز المفقود.

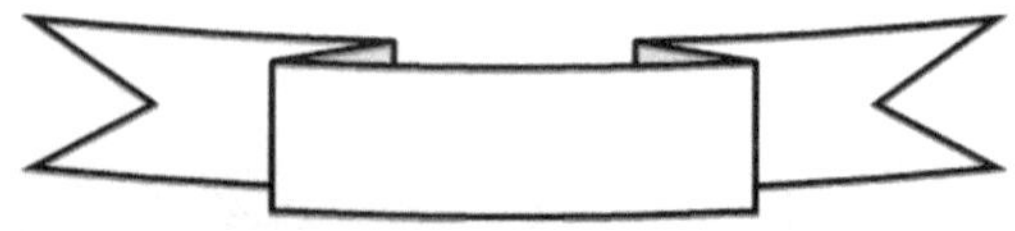

الفصل السابع

مع لقاء روجرز بالعرَّافة لوبيتا، تغيَّرَت كلُّ مفاهيمه واعتقاداته السابقة، تأثَّر بحكمتها وقوَّتها الروحية، واكتشَف داخله قدرات وإمكانيات لَم يكن يدركها مِن قبل.

كان لقاءً حوَّل حياته، وأعطَته العرَّافة رؤية جديدة وإشراقة لا توصف.

إنَّ تأثير لوبيتا على روجرز لا يمكن إغفاله؛ فقد تمكَّنَت مِن إلهامه وتوجيهه نحو مصيره الحقيقي.

الفصل السابع
تأثير العرَّافة لوبيتا

نزل الجميع مِن الطائرة، ليجدوا روجرز في استقبالهم، ولكنَّه روجرز جديد، لَم يكُن كما عهدوه، لقد أصبح أكثر نضارةً وإشراقًا، حتَّى إنَّ جسده أصبح ممشوقًا أكثر، ووَجهه بَاسِم ومشرق، ولكن ما كان واضحًا أكثر هي تلك القلادة الضخمة التي كان يرتديها، مِمَّا أدَّى إلى تساؤل الجميع، ولقد أخذ الخطوة الأولى جان الذي عانَقَه بشِدَّة، ثمَّ قال له في تعجُّب:

- يبدو أنَّ الأسبوعَين الماضِيَين كانَا قادِرَين على تغيير الكثير.

وسألَته سارة:

- ما هذه القلادة التي ترتديها؟

فنظر إليهم مبتسمًا وكأنَّه مستمتع بهذا الجدل الذي أثاره، ولكنَّه ظلَّ يبحث بينهم على ماتيوس حتَّى وجدَه، فاقترب منه

ورحَّب به بحرارة مريبة، فلَم يفهم الجميع ما الذي يحدث حتَّى قال روجرز:

- لقد تعرَّفتُ على لوبيتا، إنَّها عرَّافة مِن سلالة عرَّافي ملوك التالوت، لقد أهدَتني هذا الحجر مِن حجر اللازورد ذي اللون الأزرق الغامق والعروق الذهبية، وأنا أرتديه مِن ثاني يوم حضرت فيه إلى المكسيك، ومِن وقتها وأنا أشعر بأنَّ القوَّة والطاقة تَري في جسدي، وأصبح شعوري بالسلام ليس عاديًّا، والأهَمُّ أنَّها تنبَّأت بأنَّ هناك رجلًا هو آخِر سلالة التولتيك سيأتي للمكسيك لفكِّ اللغز، يبدو أنَّها تقصد ماتيوس، وهي بانتظارك في الفندق الآن لأنَّني اتَّفقتُ مع جان بأنَّها ستنضمُّ لفريقنا.

ظلَّ ماتيوس مصدومًا ومندهشًا، وسط ذهول باقي أعضاء الفريق، ولكنَّهم توجَّهوا إلى الفندق دون كلمة، وعقولهم كانت بها حروب مِن الأفكار والأسئلة.

وصلوا إلى الفندق ليجدوا أليخاندرو ولوبيتا بانتظارهم عند بوابة الفندق، فتوجَّه أليخاندرو للتَّرحيب بجان:

- مرحبًا بك أيها القائد، لقد تشرَّفنا بوجودك.

فرحَّب به جان، ثمَّ رحَّب وصافحَ لوبيتا التي كانت ترتدي الملبس الفلكلوري الجميل الخاصَّ بحضارتها وملامحها الحادَّة

الواضحة، وعينَيْها الجريئة والشجاعة التي تستطيع أن تأسرك، وقال:

- مرحبًا بكِ يا لوبيتا، نحن سعداء بانضمامكِ للفريق.

في نفس اللحظة كان ألبرت ينظر بحدَّة لجان الذي سمح لشخص غريب لا يعرف شيئًا عن البروتوكولات أو عن العمل أيّ شيء، ومِن الممكن أن تُعيق مِن حركة الفريق، ولكن لاحَظَ جان نظرَته، فغمز له بمرح بأنَّه سوف يشرح له لاحقًا.

وجَّه جان حديثه للجميع بصوت مناسب:

- سنلتقي بعد ساعتين في اللوبي، الآن سوف تتوجَّهون إلى غرفتكم للاستراحة.

توجَّه الجميع بالفعل إلى غرفهم، وذهب جان برفقة روجرز، يبدو أنَّ لَدَيهم مشاركة حديثٍ ما.

وبدأ ألبرت وسارة في التَّهامس ومشاركة مخاوفهم وقلقهم مِن دخول عضو جديد للفريق، قالت سارة بنبرة قلِقَة ومشوَّشة:

- أنا لا أعلم ما الذي يحدث، ولكنِّي أشعر بشعور مريب تجاه تلك المرأة التي غيَّرَت تفكير روجرز وجعلَته يؤمن بقطعة حجارة، إنَّنا نعتمد على روجرز في مهام صعبة، ولا يمكنه أن يهمِّش العلم والمنطق مقابل تخاريف، أظنُّ أنَّنا بحاجة إلى الحرص أكثر؛ لأنَّني أشعر بالخطورة، فكيف للعرَّافة هذه أن تعرف عن ماتيوس؟!

فهذه معلومات سريَّة لا يمكن لأي أحد أن يصل إليها، أخشى أن يكون هناك اختراقٌ لمعلوماتنا، أو أن هناك جاسوسًا بيَننا.

بدأ توتُّر ألبرت يزيد مِن وقع حديث سارة، ولكنَّه فضَّل الصَّمت والتفكير بعمق.

وفجأة نظر ألبرت وراءه ليجد ماتيوس خلفهم، ليقول له بعصبية:

- ماذا تفعل عندك يا ماتيوس؟ هل تتجسَّس علينا مرَّة أخرى؟

فأجاب ماتيوس باستغراب وهدوء:

- أنتم تقِفون أمام باب غرفتي، أنا لا أحاول التجسُّس عليكما، ولكنّي سمعتُ ما يقلقكم مِن تلك العرَّافة، أنا أيضًا أشعر بالقلق تجاهها، مِمَّا جعلني أبحث عنها عبر الإنترنت لأجدها معروفة بالفعل، وأثبتَت أكثر مِن حادثة بأنَّ لها تأثيرًا قويًّا، وأنَّ ما تقوله حقيقي، أنا أعرف يا دكتورة سارة أنَّكِ تهتمِّين بالأمور المستندة على العلم والمنطق، رغم أنَّ المنطق لن يجعلنا نبحث عن آثار حضارة تُعَدُّ مِن الأساطير.

المنطق في اختيار أعضاء الفريق مختلف ومتناقض، أين المنطق في فريق يتكوَّن مِن أعضاء جُلُّ تخصُّصاتهم بعيدة عن علم الآثار؟! لا وجود للمنطق هنا يا دكتورة سارة!

نظرَت سارة بإعجاب لِمَا قاله ماتيوس، وعبَّرَت عن ذلك بقولها:

- يبدو أنَّنا كنَّا نسيء بكَ الظنَّ، وأنت لستَ مجرَّد شخص له جينات في الحضارة المستهدَفة، ولكنَّك أذكى مِن ذلك.

تعجَّب ألبِرت مِن ردِّ فعلها المناقِض لفِعل ماتيوس الذي كان يتجسَّس عليهم، فقال بشكل منفعِل:

- يبدو أنَّكِ يا دكتورة قد فقدتِ قدراتك التحليلية للأشخاص، لقد استطاع أن يؤثِّر عليكِ، ونسيتِ أنَّه كان يتجسَّس علينا.

شعرَت سارة بالإحراج، فاكتفَت بالصمت، وتوجَّهَت لغرفتها.. وكذلك ماتيوس لَم يَرُدَّ على ألبرت.

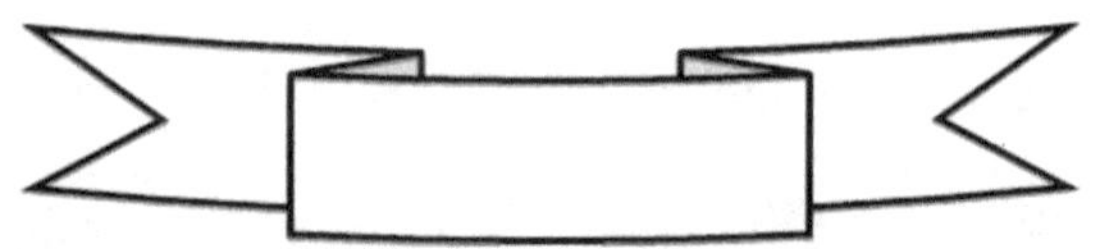

الفصل الثّامن

في ظلِّ هذه الظروف، ومع تقدِّم الرواية نحو ختامها، نجد أنفسنا في المغامرة الأخيرة التي ستكون تحدِّيًا حقيقيًا لفريقنا.

بعد رحلات طويلة ومعارك شرسة، يجد جان نفسه مضطرًّا لاتِّخاذ قرار صعب وتقديم تضحية كبيرة، فالمهمة المقدَّسة التي يسعى الفريق لإنجازها تتطلَّب تضحيات فردية ومخاطرة بكلِّ شيء.

سيكون هذا الفصل الأخير مفصليًا لجان؛ حيث ستظهر قوَّته الحقيقية وقدرته على تحمُّل العبء واتِّخاذ القرارات الصعبة، ولكن مع كلِّ خطوة يخوضها يتساءل إن كانت التضحية التي يقدِّمها ستكون كافية لتحقيق الهدف النهائي، وهل ستكون آخِر تحدٍّ في هذه الرحلة الشيِّقة؟

سنستكشف في هذا الفصل الأخير المغامرة الأخيرة والتضحية التي قد تغيّر مجرى الأحداث، وتحمل الفريق نحو

مصير غير متوقَّع، فهل ستُثبِت تلك التضحية أنَّها السبيل الوحيد للنجاح؟ أم أنَّها ستطيح بالفريق بأكمله إلى الهاوية؟ سنكتشف ذلك معًا في صفحات هذا الفصل الحاسم.

الفصل الثامن
تضحية ملكية

في قاعة استقبال الفندق، كان هناك بعض طاولات الانتظار، جلس كلٌّ مِن جان وروجر، ويبدو أنَّ هناك شيئًا هامًّا على شِفاه جان، بدأ يلتفت حوله ليحرص على ألَّا يكون هناك مَن يسمعه، فسأله روجرز في تعجُّب:

- ماذا بكَ يا جان؟! لماذا تتلفَّت حولك؟!

ابتلع جان ريقه بصعوبة، ثمَّ قال بترقُّب وحذر:

- هناك جاسوس بيننا يا روجرز.

ولكنَّ روجرز استقبَل جملة جان بعدم استغراب، مِمَّا جعل جان يتعجَّب أكثر، وسأله:

- لماذا استقبلتَ الأمر بهذه السهولة؟! هل تعرف شيئًا؟

ليقول روجرز بهدوء:

- لا أعلم شيئًا، ولكن أظنُّ أنَّ الوقت سيجعلنا نعرف مَن الجاسوس بيننا.

عاد جان برأسه للخلف قليلًا، وقال مستفهِمًا:

- أنا أتعجَّب أمرك منذ لحظة وصولي، أنتَ لستَ بهذا الهدوء أبدًا، يبدو أنَّ هناك شيئًا لا أعرفه، هل أنت تَسخر مِنّي؟

ليقول روجرز بانفعال وانفجار مفاجئ وغير مبرَّر:

- لا لا.. بالطبع لا أسخر منك يا جان، ولكنّي أنا مَن يشعر بالغربة هنا، فأنتَ مِن لحظة اجتماعنا الأول وأنت تقول أشياء غريبة وتضعنا في اختبارات مختلفة، هل أنتَ تهزأ بنا؟ لقد كنّا فريقًا في أكثر مِن مهمَّة، ولكنَّكَ خبَّأتَ عنّا أنَّ الصولجان وتاج القطرين لَم نفقدهما، لقد كنتُ أعيش شهورًا في تأنيب الضمير بسبب فقداننا لتلك المقتنيات، رغم أنَّ الخطأ وقتها كان خطؤك أنت؛ لأنَّكَ أمرتَني أن أترك تلك المقتنيات مع ستيف وماريا رغم معرفتك أنَّهما شخصان ليسَا أهلًا للثقة أبدًا، بسبب تفاهتهما وحبِّهما الأعمى لبعض، حتَّى إنَّني لا أعرف ما فائدة ماريا معنا في الفريق، ما حاجتنا نحن إلى شخص قادر على التسلُّق وخفيف الوزن واللياقة معنا في الفريق؟! هل نحن في السيرك؟! وستيف..

ما حاجتنا نحن لشخص يستطيع التصويب مِن بعيد والصَّيد؟!
إنَّهما لا يفعلان شيئًا في المهمَّات سِوَى المغازَلة!

ليقاطعه جان بشكل غاضب:

- أنا القائد هنا، وأنا مَن يحدِّد أهميَّة كلِّ فرد مِن الفريق، أنتَ لن تُعَرِّفني ما عليَّ فِعله، هل سألتُك أنا عن تلك المرأة التي حاولتَ إقناعي بضمِّها للفريق؟! لقد أقنعتَني بأنَّها سوف تفيدنا، وما حاجتنا نحن لعرافة؟! وبنسبة كبيرة هي محتالة، أو مشعوِذة، انظر إلى حالك أنت، انظر كيف حوَّلتكَ مِن شخص مؤمن بالعلم لشخص مؤمن بالخرافات والنُّبوءات!

ليقِف روجرز منفعلًا، وبصوت مرتفع قال:

- كيف تجرؤ على إهانتي؟ فبدلًا مِن أن تمنحني أجوبة تكتفي بمهاجمتي، أنت القائد جان، هل تحاول إقناعي أنَّكَ ضممتَ لوبيتا للفريق مِن أجلي؟! هل تقوم بدراسة خطوَتك التي تُقدِم عليها؟

بدأ جان بمحاولة تهدئة نفسه والتحكُّم بأعصابه، وقال:

- حسنًا، يبدو أنَّ حديثنا انقلَب بشكل غريب وصادم، فنحن لَم نتحدَّث بهذا الشكل مِن قَبل، هل يمكنك أن تجلس وتهدأ، وسأخبرك بكلِّ شيء؟

حاول روجرز تمالُك أعصابه والجلوس، ولكنَّه لَم يجلس إلَّا عندما أمسَك جان ساعده ليجلس:

- أريدك أن تفهم يا روجرز أنَّنا في مهمَّة خطيرة، وهي الأخيرة، أنا لا أثق إلا بك الآن، فحتَّى ألبرت لا أستطيع الوثوق به بشكل كامل، ولا أعرف السبب، ولكنَّ هناك شكوكًا تراودني تجاهه، فهو يعرقِل كلَّ مخطَّطاتي، ولا يريدني أن أُفصِح عن أي شيء أمامكم، كأنَّه يريد أن يقلبكم ضدِّي، غير أنَّ هناك سرًّا بشأنه لا يعلم أحد عنه.

نظر روجرز مندهشًا ومستفهِمًا، فأردَف جان مرَّة أخرى:

- إنَّ ألبرت كان لدَيه سابقة مع عالم العصابات قبل أن ينضمَّ للفريق، ولكنَّه لَم يخبرني، لقد علمتُ تلك المعلومة فيما بعد، ولقد أخبرني ستيف وماريا أنَّه عندما فقَدْنا بافلوس مرشدنا في المهمَّة السابقة كان ألبرت قريبًا منه ومسئولًا عن حمايته، ومع ذلك فقدْنا بافلوس بطريقة غريبة.

جلس روجرز مصعوقًا مِمَّا سمعَه، وقال:

- هل تظنُّ أنَّ ألبرت هو الجاسوس؟! حسنًا.. لماذا شكُّكَ منصَبٌّ عليه هو فقط؟!

ليردَّ جان:

- أنا لا أشكُّ به وحده، فأنا أشكُّ في الجميع عداك أنتَ يا روجرز، لقد قامت استخباراتنا بكلِّ التحرِّيات، وجميع أفراد الفريق أشكُّ بهم، ولكن للأسف لا يمكننا إلغاء المهمَّة، وعلينا أن نصل للكنز خلال الأيام القادمة، وإيجاد الورقة التي بها اللغز ومحاولة حلِّه.

- يمكن للوبيتا مساعدتنا في هذا الشأن؛ فهي عرَّافة حقيقيَّة، ويمكنها معرفة الطَّالع بالفعل، لقد أخبرتني الكثير عنِّي.

فقال جان:

- حسنًا.. يمكنك أن تستدعيها الآن لمقابلتها، فأنا كنتُ أنوِي أن أتعرَّف عليها أكثر.

لَم تمرَّ أكثر مِن خمس دقائق إلا وجدوا لوبيتا تطِلُّ عليهما بزيِّها الجميل، وعينها الثابتة والثاقبة، بشرتِها السمراء كانت لامعة ومُشرقة، يمكنك أن تنسى التعبير عمَّا بداخلك بشكل منتظم أمامها، ولكنَّ جان جيِّد في التَّماسُك.

اقتربَت مِن طاولتهما، فقام جان بالتَّرحيب بها:

- مرحبًا بكِ يا لوبيتا، لقد تشرَّفتُ وسعِدتُ بقدومك.

لتبتسم وهي تجلس بثقة:

- أشكركَ.

عجبًا أنَّها لَم تردَّ بأنَّها تشرَّفَت أيضًا به!

جلس روجرز بجانبهِما، واكتملَتِ الثلاثية.

أعجِب جان بثقتها بنفسِها، فقال لها:

- حسنًا.. مِن أين نبدأ؟

لتردّ بسهولة وهدوء:

- سنبدأ مِن أنَّك لا تثِق بالعرَّافات، ولا تثِق بأنَّ هناك عِلم التنبُّؤ، ولكنِّي لا أجلس هنا لإثبات ذلك، يمكننا أن نجعل التجربة الحيَّة هي التي تثبت ذلك.

نظر إليها جان بدهشة، ثمَّ قال باستنكار وسخرية:

- تجربة حيَّة؟! هنا؟! كيف هذا؟!

قالت وهي تقوم بفتح حقيبتها:

- يمكنني أن أقرأ لك التاروت الآن.

بدا عليه القلق الممزوج بالمكابرة وقال:

- وماذا إن رفضتُ؟

- سأعرف أنَّك تخشى أن تكون مخطِئًا، بالطبع خائف، فكيف لقائد عظيم مثلك أن يكون مخطئًا في حقِّي؟!

قالَتها بشكل ساخر، جعله يشعر بأنَّه يجب أن يثبت أنَّها مخطئة، فقال بتحفيز أكثر:

- حسنًا.. أنا موافق، ولكن إذا أخطأتِ؟

فردَّت بثقة أكثر:

- يمكنكَ استبعادي بكلِّ سهولة.

- حسنًا.. فلنبدأ، فلتكُن شاهدًا يا روجرز على ما سيَحدث.

قالها جان وهو يمزح، لتقول لوبيتا:

- هيَّا اختَر ثلاثة كروت.

فاختار جان ثلاثة كروت عشوائية، لتغمض لوبيتا عينها،

وبعدها تكشف عن الكروت الثلاثة، وتقول:

- لغزٌ غارق في أعماق الرمال، تضعه الطيور على جزءٍ منها،

وبمجرَّد أن يكتمل قرص الشمس يمكنكَ قراءة اللغز.

ليقفز جان مِن مقعده بعنف وانفعال ويقول:

- كيف تقوم بإخبارها بشيء كهذا يا روجرز؟! هل جُننتَ

لتُفصِح عن أسرار مهمَّة كهذه لعرَّافة؟!

لينفعل ويتوتَّر روجرز ويقول:

- أنا لَم أخبرها بشيء يا جان، أقسم إنَّني لَم أخبرها بشيء.

لتقول لوبيتا بهدوء دون النَّظر إليهما وتقول:

- إنَّه لَم يخبرني بشيء عن هذا اللغز، ولكن لنفرض أنَّه قد

فَعل، هل هو مَن أخبرني أنَّكَ ظللتَ طوال رحلتك إلى هنا تكتب

هذا اللغز على ورقة قديمة، وظللتَ تركِّز وتمعن النظر فيه

وتشخبط عليه بقلمك؟! هل هو أيضًا مَن أخبرني أنَّ في حياتك قصة حب لَم تكتمل بسبب عملك؟!

اتَّسَعَت حدقتا عينَي جان مِن هول الصدمة، فبالفعل هذا حدث، ولا يعلم عنه أي شخص!

جلس في دهشة، وارتمى على كرسيِّه في استسلام، وقال:

- مَن أنتِ؟

لتردّ وهي تنظر في عينَيه بثقة:

- أنا لوبيتا العرَّافة، ولعدم إهدار وقتك، هل تريدني أن أكمل؟

ليجيبها بإيماءة رأسه بالموافقة، فأردفَت وهي تكشف الورقة الثانية:

- إمممم.. هناك جاسوسٌ في فريقك، ولن تتوقَّعه أبدًا إلا وأنت على بُعد خطوة مِن الموت.

ليقول جان في توتُّر:

- هل سأموت؟

لتجيب عليه لوبيتا:

- لا أعلم عن الموت، فهو مجهول، ولكنّي أُخبِرك بأنَّك ستعرف عن الجاسوس وأنتَ على بُعد خطوة مِن الموت، وليس هناك شيء واضح آخَر.

ليعطيها إشارة لكشف الورقة الثالثة، فكشفَتها وقالت:

- هناك شيئان، أوَّلهما أنَّ الكنز الذي تبحثون عنه لا تعرفون شكله أو هيئته، ولكنَّه واضح هنا، إنَّه صندوق ضخم تعلوه الرمال، وثانيهما أنَّ هذه المهمَّة سينتج عنها خسارة دماء مِن سلالة ملكية، وستكون أنت سببًا فيها.

وهنا طالت الصاعقة كُلًّا مِن روجرز وجان، وبدآ بالنظر لبعضهما في حيرة وقلق، فقال روجرز:

- إنَّ ماتيوس هو الوحيد الذي ينحدر مِن سلالة ملكية، هل سيَموت؟

فقال جان:

- هل سنسمح بذلك؟ هل سنسمح بخسارته مقابل الكنز؟

لتجيب لوبيتا بهدوء:

- دائمًا توجد تضحيات، فمقابل ماتيوس ستنقذ العالم؛ لأنَّه إذا وصل أي شخص لهذا الكنز الخارق فيمكنه تدمير العالم، وأظنُّ أنَّكَ لن تسمح بذلك.

مرَّت لحظات مِن الصمت، ليقاطع روجرز هذا الصمت، وقال بحزم:

- حتَّى إن اضطُررنا للتضحية بماتيوس، فهذا ليس بهذا السوء، فهو سيكون شهيدًا لأنَّه سيضحِّي بروحه مقابل أن

يعيش العالم بسلام، ولا تنسَ أنَّنا نبدأ مهمَّاتنا كلَّها ونحن نعرف أنَّ مِن الوارد ألَّا نعود مرَّة أخرى.

تنهَّد جان قليلًا، ثمَّ قال بإرهاق:

- حسنًا، يبدو أنَّني أحتاج للراحة قليلًا، فيبدو أنَّ الموت سيطولني أنا وماتيوس كما قال "التَّاروت"، أليس كذلك يا لوبيتا؟

لتردَّ:

- هذا ما يقوله التَّاروت، ولكنَّ التفسير سنكتشفه بشكل أدَقّ فيما بعد، ولكن يمكننا أن نقول نعم.

لَم يعلم جان هل هي حمقاء أم عديمة الشعور؛ فهي تتحدَّث عن الأمر بشكل بسيط، ولكن لا يهمُّ.

صعد جان إلى غرفته حاملًا أسرارًا لَم يكن يُريد معرفتها، عدا أنَّ الكنز المرتقَب عبارة عن صندوق تعلوه الرمال.

نام جان وغاص في نوم عميق على غير العادة، وكأنَّه يحاول الهروب مِن الحقيقة، حتَّى استيقظ على طَرق عنيف على الباب، فقد كان مِن المفترَض أن يجتمع الفريق كله بعد ساعتين، فقام مفزوعًا مِن نومه، وفتح الباب ليجد ماتيوس أمامه، فحدَّق فيه لدقيقة تقريبًا دون كلام، فشعرَ ماتيوس بالاستغراب حتَّى قاطع شرود جان وقال:

- هل أنتَ بخير يا سيِّدي؟

ليجيبه وهو غير قادر على التركيز:

-نعم، نعم، أنا بخير سأوافيك حالًا إلى الاجتماع.

وأغلَق الباب قبل أن يغادر ماتيوس، فشعر بالإحراج وسبقه إلى الاجتماع بالفعل.

مرَّت خمس عشرة دقيقة حتَّى نزل جان إلى القاعة المنعقِد فيها الاجتماع، ليجد الجميع حاضرًا، فدخل وجلس، ليجلس الجميع، وقال بشكل مختصَر:

- ليس هناك شيء لقوله، فأنتم تعرفون كل المعلومات اللازمة، ولكن ما لا تعرفوه هو أنَّ ما نبحث عنه موجود في صندوق تعلوه الرمال، وسنتحرَّك خلال ساعة، أرجو مِن الجميع أن يتحرَّك ويستعدَّ خلال ساعة.

ثمَّ قام مِن مكانه وذهب لغرفته وسط دهشة الجميع وتعجُّبهم مِن طريقته، فقالت سارة:

- يبدو أنَّ جان قلِق قليلًا مِن هذه العملية، ويبدو أنَّه يحمل همًّا ثقيلًا، فعلَينا أن نقدِّر ما يمرُّ به بدلًا مِن الضغط عليه يا أصدقائي.

فبدأ الجميع بالفعل بالتَّفَهُّم، وذهبوا لتنفيذ الأمر والاستعداد لبدء الرحلة خلال ساعة، وبالفعل كانوا على أتمِّ الاستعداد خلال هذا الوقت.

كان روجرز يقف في مقدِّمة الفريق بدلًا مِن جان الذي كان يقف على الأطراف على غير العادة، حتَّى أعطى روجرز الإشارة بالصعود إلى الطائرة للتحليق إلى المكان المحدَّد على الخريطة، والذي قام بدراسته خلال فترة مكوثه هنا، وصعد الجميع، ولكن اقترَبَت سارة مِن جان وسألَته:

- هل أنتَ بخير يا جان؟ يمكنك الحديث معي بسهولة وتفريغ طاقتك ومشاعرك السلبية حتَّى تكون مستعِدًّا للمهمَّة بشكل صافٍ.

فقال لها بنبرة حزن:

- لا أعرف يا سارة، ولكنِّي قلِق بعض الشيء، وأتمنَّى ألَّا أموت قبل أن أؤدِّي واجبي، أخشى أن أموت دون أن أقدِّم شيئًا لهذا العالم.

لتقول له في توتُّر على حالته:

- لماذا كلُّ هذا التشاؤم يا جان؟ أنت بَطل على أي حال، وليسَت هذه المهمَّة الأولى أو الأخيرة التي نقوم بها ولا نشعر بأنَّه يمكننا خسارة أرواحنا، لا تقلق، فالفريق كلُّه بجانبك.

فابتسم جان، ولكن ما زال الحزن مدفونًا بداخله.

وبعد نصف ساعة مِن ركوبهم الطائرة نزلوا وسط الغابات التي يفصلها عن الصحراء عدَّة كيلومترات، ونصَبوا الخيام للاستعداد والبحث.

شرعَ كلُّ عضوٍ مِن أعضاء الفريق بتجهيز أدواته، وأتمُّوا الاستعداد للمهمَّة.

ولكن قبل التحرُّك بدقيقة قالت لوبيتا:

- لا يجب أن نتحرَّك في هذا الوقت، علينا أن نبقى ليوم كامل، فأنا قرأتُ الطَّالع الآن، ورأيتُ سقوطًا مدوِّيًا.

نظرَت إليها سارة باستخفاف وقالت:

- مَن أنتِ؟ أها.. تذكَّرتُ.. أنتِ لوبيتا العرَّافة، هل أنتِ قائدتنا الآن؟

وتدخَّل ريتشارد أيضًا بحزم:

- نحن لا نستمع للعَرَّافات، يمكنكِ أن تتحدَّثي فقط عندما يتمُّ الإذن لكِ.

وكذلك بدأ ألبرت وستيف وماريًا بتوجيه الإهانة لها ورفْض ما تقوله، حتَّى قاطعهم جان، وقال بشكل منفعِل رافضًا لسلوكهم:

- إنَّها محقَّة، لن نغادر اليوم كما قالت، فهي تحاول أن تخبركم أنَّ هناك سقوطًا مدوِّيًا، يمكن أن يكون قصدها أمطارًا شديدة أو عاصفة.

ليجيب عليه ألبرت بانفعال:

- هل سنسير خلف عرَّافة يا جان؟! هل تمزح معي؟!

ليردّ جان بعصبية:

- ولماذا سأمزح معك يا ألبرت؟ هل هو وقت مناسب للمزاح؟! إذا لَم تستمعوا إليها لمجرَّد أنَّها عرَّافة ولا يمكنكم الوثوق بها، فأنا قائدكم وأخبركم بأنَّنا لن نغادر اليوم، هل كلامي مفهوم؟ بدأ الجميع في التعجُّب وضرب كفٍّ بكفٍّ، والاستفهام عمَّا يحدث لجان، فهو أيضًا أصبح مؤمنًا بالعرَّافة مثل روجرز، وبدؤوا بإرسال إشارة لبعضهم توضِّح أنَّه يبدو على هذه العرَّافة أنَّها ستقضي عليهم.

لَم تمرَّ ساعة حتَّى جاء ماتيوس مسرعًا مِن مكان قريب كان يقوم فيه بالبحث وقال:

- هل سمعتُم ما حدث؟ لقد حدثَ سقوط هائل لآلاف مِن طائر الشحرور المهاجر مِن كندا إلى المكسيك، يقال إنَّ هناك طائرًا جارحًا هاجمهم فشتَّتَهم كي يتمَّ اصطدامهم في أسلاك الكهرباء والشبكات، فسقطوا في جميع الأنحاء، أنا لا أصدِّق أنَّنا كنَّا سنسير، وفجأة تسقط علينا آلاف الطيور فوق رؤوسنا.

بدأ الجميع بالوقوف مِن مجلسه في حيرة، وهناك مَن خرج مِن خيمته بعدما سمع ما قيل.

ولكن هناك مَن يكابر بنظراته بأنَّ ما حدث مجرَّد صدفة، ولا يمكن أن تكون هذه العرَّافة محقَّة.

ولكنَّهم أجمعوا على ألَّا يعلِّقوا عمَّا حدث حتَّى لا يعطوها أهميَّة، ولكنهم انتظَروا لليوم الثاني للتحرُّك، فنام الجميع وفي عقولهم ألف فكرة وحيرة.

مرَّ اليوم بسلام، واستيقَظ الجميع للتوجُّه إلى الصحراء للبحث، ذهبوا سيرًا على الأقدام، ومرُّوا بطيور الشحرور الميِّتة على الأرض.

قام وقتها ستيف بحمل ماريا التي أغمضت عينها مِن المنظر، وأكمَلوا الطريق حتَّى تخطُّوا تلك الطيور.

وصلوا لنقطةٍ ما في الصحراء، فوقفَت فيها العرَّافة لوبيتا بشكل تلقائي، وقفوا معها عندما وقفَت، ثمَّ تحرَّكت مرَّة أخرى بعدما نظرَت إليهم بسخرية، فهُم وقفوا دون وعيٍ عندما وقفَت، وهذا معناه ضمنيًّا أنَّهم بدؤوا يصدِّقونها.

وصل الجميع إلى نقطة البحث المستهدَفة، فأعطى جان الأمر لستيف وروجرز بالحفر، وبدآ الحفر بينما قام الباقي بوضع أجهزتهم وأدواتهم في أماكنها المرسومة، ظلُّوا أكثر مِن ساعة في الحفر، واستمرَّ الحفر ليومين دون أي فائدة أو نتيجة، فيئِسَ الجميع مِن وجود شيء في هذا المكان.

بدأت الأعصاب في الانفلات مِن كلِّ فرد في الفريق، ولكن على الجانب الآخَر كان ماتيوس يسمع بأذنيه همسًا غريبًا، ولاحظَتِ العرَّافة لوبيتا وسارة تصرُّفات ماتيوس.

بدأ ماتيوس في اتِّباع هذا الهمس الذي أخذَه بعيدًا عن معسكر التخييم، وقد تبِعَته سارة، بينما بقيَت لوبيتا مكانها.

وصل ماتيوس إلى مكان يبدو أنَّه عُشٌّ صغير لطائر به بيضة صغيرة لَم تفقس بعد، يبدو أنَّه عُشٌّ لطائر جارح يُعَدُّ مِن أقوى الطيور الجارحة في العالم، وهو طائر العقاب المخادع.

اقترَبَت سارة مِن ماتيوس، ليفزع مِن وجودها ويقول:

- سارة! ما الذي أتى بكِ إلى هنا؟!

لتقول له:

- لقد وجدتُكَ تشرد قليلًا كأنَّك تُلبِّي نداء أحد، فتعجَّبتُ عندما بدأتَ تشرد بعيدًا عن المعسكر، فقرَّرتُ أن أتبعك.

- هل تشكِّين بي أنتِ أيضًا؟

لتقول له بحزم:

- بالطَّبع لا أشكُّ بكَ، ولكنِّي قلقتُ عليك فقط.

ثمَّ توتَّرَت قليلًا، وشعرَت بالحرج، وقالت مرَّة أخرى:

- قلِقتُ عليك كأيِّ فردٍ مِن أفراد الفريق.

فابتسَم ماتيوس، وقال مُغيِّرًا للموضوع حتَّى لا يزيد مِن شعورها بالإحراج:

- إنَّه عُشٌّ لطائر جارح، فيه بيضة، يبدو أنه سَيُرزَق بطفل قريبًا.

فضحكَت سارة ثمَّ قالت:

- ولكن ما الذي ألهمَك لتأتي إلى هنا؟

ليردَّ عليها وهو متعجِّب أيضًا:

- لا أعرف صدِّقيني، ولكنِّي أشعر بأنَّ هناك شيئًا همسَ لي وأتى بي إلى هنا، لا تظنِّي أنَّني مجنون، ولكن هذا ما حدث.

فقالت له:

- هناك سبب، ويبدو أنَّ تلك البيضة ليسَت مجرَّد بيضة إذًا.

وهنا ظهرَت لوبيتا التي قالت الجملة الأسطورية:

- إنَّ هناك لغزًا غارقًا في أعماق الرمال، تضعه الطيور على جزء منها، وبمجرَّد أن يكتمل قرص الشمس يمكنك قراءة اللغز.

ليلتفت كلٌّ مِن سارة وماتيوس للوبيتا في دهشة، فقال ماتيوس:

- كيف تعرفين تلك المعلومة؟

لتُجيب سارة باستخفاف:

- بالتأكيد، لقد أخبرها جان أو روجرز؛ فهما يثقان بها عن ظَهر قلب.

فلَم تهتمَّ لوبيتا للتبرير أو التوضيح، ولكنَّها أعادت تكرار الجملة: "إنَّ هناك لغزًا غارقًا في أعماق الرمال، تضعه الطيور على جزء منها، وبمجرَّد أن يكتمل قرص الشمس يمكنك قراءة اللغز".

فنظر إليها ماتيوس:

- ماذا تقصدين؟

فاقترَبَت لوبيتا منهما ومِن العشِّ الموجود، فأمسكَت بالبيضة وقالت:

- هناك بيضة أخرى غارقة تحت هذا العشّ، إنَّها ليست البيضة الوحيدة هنا، فبدأت بالتفتيش تحتَ العشِّ، وبالفعل عثرَت على بيضة أخرى غارقة في الرمال.

فنظرَت سارة وماتيوس بتعجُّب وقالا:

- كيف عرفتِ ذلك؟

فنظرَت إليهما بسخرية:

- هل بالفعل ما زلتما تسألان كيف؟! يمكنكَ الآن يا ماتيوس حلُّ باقي اللغز.

فقال:

- أيُّ لغز؟ هل تقصدين أن اللغز يقصد هذه البيضة أنَّها غارقة وسط الرمال؟

- حسنًا، اللغز يقول تضعه الطيور على جزء منها.

فنظرَت إليه لوبيتا باستخفاف وهي تشير إلى البيضة وقالت:

- وهذا هو جزء مِن الطائر أيها الذكي.

فبدأ ماتيوس بالصراخ مِن دهشته، وقال:

- إذًا لقد وصلنا إلى اللغز، لقد وصلنا إليه!

ولكن سرعان ما انطفَأَت دهشته وقال:

- ولكن قيل في الأسطورة إنَّ اللغز مكتوب في ورقة وليس بيضة!

فقالت لوبيتا:

- لا يهمُّ ما قالته الأسطورة، فيمكنها أن تخطئ، ولكن الواقع رسم لنا الحقيقة هنا.

فذهبوا جميعًا إلى المعسكر الذي كانت تعلوه أصوات الاعتراضات والصراعات، فدخلوا المعسكر بالبيضة التي عليها اللغز، ولكنَّه سيَظهر على قشرتها عندما يكتمل قرص الشمس.

فبدأ ماتيوس برفع صوته كي ينصت إليه الجميع، وقال ما توصَّل له منذ قليل، ليصمت الجميع فجأة، وتحوَّلَتِ الصراعات لاحتفالات، ولكنَّ الغريب أنَّ ألبرت لَم يحتفل معهم، كان صامتًا تمامًا بشكل غريب، وقد لاحَظه جان الذي يضعه تحت المراقبة بشكل مبالَغ فيه.

فمنح جان للجميع استراحة لليوم الثاني حتَّى يكتمل قرص الشمس وقراءة اللغز الذي سيفسِّر الوصول للكنز، وقرَّر أن يجعل ألبرت يحتفظ بالبيضة، فهو يتبع قاعدة: "إذا كنتَ تخشى على شيء مِن السرقة فاجعل اللصَّ يحتفظ به، فلن يستطيع سرقة نفسه".

ولكن "روجرز" لَم يفهم هذا السبب، مِمَّا جعله يتحيَّر، كيف يعطي البيضة للشخص الذي يشكُّ به؟! ولكنَّه تجاهَلَ الأمر.

مرَّ اليوم بسلام، وطلب جان مِن ألبرت أن يُحضِر البيضة، ذهب ألبرت لإحضارها، ولكنَّهم تفاجؤوا بصراخ ألبرت بشكل مفزع، فهرولوا تجاه خيمته، ليجدوا البيضة مكسورة.

لَم يشعر جان بنفسه إلا وهو يلكم ألبرت على وجهه بقوَّة، فلَم يُصدِر ألبرت أيَّ ردِّ فِعل، وظلَّ صامتًا.

حاوَل الجميع أن يهدِّئ مِن روع جان، ولكنَّه ظلَّ يصرخ بوجه ألبرت حتَّى قال بغضب وانفعال شديد:

- أنا المخطِئ منذ البداية، فلَم يكن عليَّ أبدًا الثقة بشخص لدَيه ماضٍ قذِر مثلك، فكيف فعلتُ هذا وضَمَمتُ شخصًا كان يومًا مِن رجال العصابات؟!

بدَتِ الدهشة واضحة على تعابير وجوه الجميع، حتَّى إنَّ ألبرت شعرَ بالحرج والصدمة مِمَّا قاله جان، ثمَّ خرج جان مِن الخيمة وتبِعَه الجميع، وبقيَ ألبرت وحده.

وما مرَّت دقائق حتَّى قال جان للجميع باندفاع:

- لا.. لا.. لا يمكن أن يبقى هذا الخائن وسطنا، يجب أن يموت.

وركض نحو خيمته بتهوُّر، وحاوَلَ الجميع الإمساك به دون جدوى.

وما إن ذهب إلى الخيمة حتَّى وجدها خالية، فقد هرب ألبرت.

وفي وسط حيرة الجميع، قالت لوبيتا وهي تعبث بأحجارها:

- لا تقلقوا.. لقد ذهب الخائن، والآن سأخبركم بطريقة أخرى للوصول لَم يقُم التاريخ بسردها لكم.

فاقترب منها الجميع في صمت واستعداد لِمَا ستقوله:

- لقد كان حديث ماتيوس حقيقيًّا، إنَّ اللغز موجود ولكنَّه ليس على البيضة، وكذلك ليس ورقة، ولكنِّي تنبَّأتُ بخيانة ألبرت، فقرَّرتُ أن أضلِّله كي نكتشف الجاسوس ويرحل، ونبدأ بشكل أفضل.

بالطبع اندهش الجميع، وبدؤوا يعجبون بعقليَّتها الذكية، فقال جان:

- حسنًا.. وما الخطوة القادمة؟

فقالت:

- عند العُشِّ الذي عثَرنا فيه على تلك البيضة، سيأتي طائر العقاب المخادع، وهذا الطائر سلالته متوارثة منذ قديم الأزل، بالضبط في وقت دفن الكنز، وقام كاهن برسم اللغز على جلده

مِن خلال إلقاء تعويذةٍ ما، وللحصول على اللغز سنحتاج إلى اصطياد هذا الطائر.

فقال ستيف في حماس:

- إنَّه دَوري.

فقال جان بحزم بعدما نظر إلى روجرز باستخفاف، وهمس له بأذنه:

- لقد احتجنا لستيف، أليس كذلك؟

ثمَّ وجَّه حديثه للبقية:

- حسنًا.. قوموا بالاستعداد الآن.

فاستعدَّ الجميع وذهبوا إلى مكان العشِّ، واختبأ ستيف في انتظار الطائر، وبالفعل قام باصطياده بنجاح، لتصفِّق له ماريا بحرارة.

فقام ريتشارد بدَوره في محاولة فحص الطائر، وقام بالكشف عن مكان كتابة اللغز، فلَم يجد شيئًا.

فقال ماتيوس:

- يبدو أَننا سننتظر ليوم آخَر؛ لأنَّ قرص الشمس ليس مكتملًا، لقد مرَّت دقيقة على اكتماله، فاللُّغز سيَظهر حلُّه عند اكتمال قرص الشمس للحظات وسيختفي.

وبالفعل بدأ الجميع بنقل المخيم إلى مكان العشِّ حتَّى يكونوا موجودين ومستعدِّين.

مرَّ اليوم بسلام، حتَّى اقترب اكتمال قرص الشمس، فبدأ ريتشارد بفحص كلِّ جزء في الطائر حتَّى وصل إلى اللغز، وحلّه كان:

الكنز موجود حيث سقوط دماء آخِر سليل لملوك التالوك.

قرأها ريتشارد بصوت عالٍ، فسمعه الجميع وبدؤوا بالنظر إلى ماتيوس في صدمة.

بدأ ماتيوس بالعودة للخلف في قلق، ثمَّ قال:

- هل ستقتلونني؟

لترفع سارة صوتها وتقول:

- بالتأكيد هناك شيء خاطئ، هل ستضحُّون بفرد مِن فريقنا؟ هل جئتم به إلى هنا ليموت؟

فنظر روجرز وهو غير متعجِّب، وقال:

- يبدو أنَّنا يجب أن نفعل هذا.

ولكن جان قال:

- أنا أعجز عن فِعلها، لا يجب أبدًا أن نفعل هذا، أشعر أنَّ هناك شيئًا خاطئًا في الأمر.

فقاطعَتهم العرافة لوبيتا:

- لن نضحِّي بماتيوس، فاللغز يقول بدماء آخِر سليل، وليس معناه أن نقتله، يمكننا أخْذ بعض القطرات فقط.

بدأت تظهر معالم الارتياح على وجه ماتيوس وسارة بالطبع.

وقال جان:

- لقد كنتُ مرتعبًا، ولكن مرَّتِ الأمور بسلام.

وكان يقول في قرارة نفسه: لقد ذهب الجاسوس، فكيف قالت لوبيتا إنَّني سأكون على بُعد خطوة مِن الموت عندما أعرفه؟! فلقد مرَّ يومٌ كامل دون موتي.

ولكنَّه تجاهَل أفكاره، وشرع في تنفيذ حلِّ اللُّغز، وأمر ماتيوس بأن يجرح جزءًا مِن يده لتسقط الدماء على الأرض، وبالفعل قام بذلك، وما إن سقطَت قطرات مِن الدماء على أرض الصحراء حتَّى بدأت في الانشقاق لأكثر مِن عشرة أمتار لتكشف عن حفرة بعمق ثلاثين مترًا تقريبًا، فنزل الجميع إلى الأسفل حاملين معهم كشَّافات، فقد كانت الحفرة مظلمة رغم سطوع الشمس في الخارج، فكأنَّ المكان في الأسفل منفصِل عن العالم.

وبعد أن نزلوا لاحظَت ماريا نقوشًا بارزة في أعلى مكان بالداخل، ولكن لسهولة حركتها ولياقتها استطاعَت أن تصل لهذا المكان، فقالت بنبرة مرتفعة للجميع:

- إنَّني أرى نقوشًا هنا، هل يمكنكم مساعدتي في قراءتها؟

فقال لها روجرز:

- أخبِرينا بما ترَينه عندك.

فقالت:

- إنَّني أرى نقوشًا بِلُغة لا أعرفها، يبدو أنَّها مكتوبة بالإسبانية، ولكنّي لا أعرف الإسبانية.

فقال روجرز بانفعال غريب:

- حسنًا حسنًا، أخبرينا بما ترَينه كي ندوّنه.

فبدأت تخبرهم بالحروف التي تراها، ولكن لَم يفهم أحد أيَّ شيء.

وبينما كان الجميع منشغلًا بمحاولة قراءة الحروف، كانت لوبيتا تجلس وحدها على صخرة كبيرة في الأسفل تلعب بأحجارها، مِمَّا جعل جان يتَّجِه إليها في غضب وقال:

- ماذا تفعلين هنا؟ على الأقل كوني بجانبنا للبحث عن الكنز، فنحن نعتمد عليكِ بشكل كبير.

فقالت دون النَّظر إليه وما زالت تلعب بأحجارها:

- لقد اقتربت وأصبحت على بُعد بضع خطوات فقط يا جان.

ليبدأ الحزن في غزو ملامح وجه جان، لقد بدا على القائد العظيم الذي لا يخشى شيئًا الرُّعب والفزع مِن الموت، ولكنَّه لا يريد الموت قبل أن يحقِّق السلام بأن يجد الكنز المدمِّر.

ولكنَّها قاطعَت شروده وقالت:

- لا تقلق، لن تموت قبل أن تحقِّق ما تريد.

- ما هذه السهولة التي تتحدَّث بها؟!

حاول جان أن يسيطر على أعصابه وحزنه، ورافَقها نحو الفريق للبحث.

بدأ روجرز البحث في أماكن بعيدة عن الأنظار قليلًا حتَّى وصل إلى نقطةٍ ما بالداخل، فوجد قطرات دماء يبدو أنَّها حديثة، فهل يمكن أن يكون أحد مِن الفريق مصابًا دون أن يشعر؟ ولكنَّه متأكِّد بأنَّه أوَّل شخص يصل إلى هنا، فعاد مرَّة أخرى وسألهم، فلَم يقُل أحد بأنَّه مصاب، بل إنَّ الجميع بخير، ولكنَّهم تعجَّبوا مِن هذه الدماء، وبدؤوا بتفحُّص أجسادهم، ولكنَّهم لَم يجدوا أيَّ جرح، وسرعان ما تجاهلوا هذا الأمر، وبدؤوا في الشروع لمحاولة قراءة الجملة المنقوشة التي عثرَت عليها ماريا.

وكان روجرز على غير العادة يعمل منفردًا، ظلَّ يحاول قراءة الجملة بشكل دقيق وأكثر تركيزًا، ويبدو أنَّه وصل لشيء، فذهب نحو مكان مظلِم ليجد قطرات دماء أخرى، ولكن لا يعرف مصدرها، فقرَّر تجاهلها والاستمرار في البحث حتَّى وصل لكهف صغير في الأسفل لا يتعدَّى ارتفاعه مترًا واحدًا، فقد كان ضيِّقًا للغاية، لن يتحمَّل بُنيان روجرز الضخم، ولكنَّه وجد مكانًا وكأنَّه مفتاحٌ لشيء ما، ولكنَّه سرعان ما ربط أشياء في عقله فوجد أنَّ المفتاح على شكل القلادة التي يرتديها، والتي منحَته إيَّاها لوبيتا، فعاد مسرعًا إليها وللفريق بأكمله، وقال:

- لقد وجدتُ البوَّابة، وهذه القلادة هي المفتاح.

فتحمَّس الجميع، ولكنَّ ماتيوس لَم يكن موجودًا في الأرجاء، لَم يلاحظ أحد، ولكنَّهم توجَّهوا لمكان روجرز، وبالفعل وجدوا مكان المفتاح، فوضع روجرز القلادة، لينفتح سردابٌ واسعٌ، ووجدوا الصندوق الذي يبحثون عنه، لترتفع أصوات الفرحة والسعادة.

وفجأة انقلب وجه روجرز الذي ركض نحو الصندوق، وأبرز سلاحه بوجه فريقه، وقال لجان:

- لقد طردتَ أكثر الأشخاص صِدقًا أيها الأحمق، حتَّى إنَّ العرافة لَم تعرف شيئًا، يا لكم مِن حمقى!

وبدأ يضحك بانتصار وهيستريا، وأردفَ مرَّة أخرى وسط ذهول فريقه:

- لقد استطعتُ أن أقرأ الجملة، إنَّها ليست إسبانية، وبناءً عليها سوف آخُذ الصندوق وأصعد به للأعلى، وبعد خروجي مِن الحفرة بلحظات سَيَتِمُّ ردم هذه الحفرة مِن تلقاء نفسها للأبد.

فنظر جان للوبيتا، وقال بسخرية:

-لقد أخبرتِني أنَّني سوف أموت وحدي، ولَم تذكري أنَّنا جميعًا سنموت يا لوبيتا!

لَم تظهر على لوبيتا أي مظاهر دهشة أو تعجُّب، وبدأ الجميع في التسليم للأمر الواقع، حتَّى شرَع روجرز في حمل الصندوق، وبمجرَّد أن لمسَ الصُّندوق وقع في حفرة عميقة للأسفل لا يبدو أنَّ لها قرارًا.

لقد سقط في الصندوق، وبعد أن سقط ظَهر ماتيوس مِن الظلام، فسألَته سارة وجان:

- أين كنتَ؟

فقال:

- لقد كنتُ عند الكنز، لقد عثرت على الكنز.

فقال ريتشارد متعجِّبًا:

هل تهزأ بنا، لقد سقط الكنز مِن أمامنا حالًا.

فقال:

- إنَّه ليس الكنز الحقيقي، لقد كان تضليلًا للخونة، فالأسطورة قالت إنَّ هناك دماءً نقيَّة للسلالة سوف تفتح الحفرة، وهناك دماء خائنة سوف تفتح الحفرة الحقيقية للكنز، لقد وجدتُ كهفًا عميقًا، ولكنَّ جسدي الضئيل ساعدَني في دخوله بسهولة.

توجَّه الجميع إلى المكان المنشود، فوجدوا حديث ماتيوس حقيقيًّا، فبدؤوا في نقل الصندوق لأعلى الحفرة التي بالفعل قامت بردم نفسها تلقائيًّا بمجرَّد خروجهم منها.

وبعد خروجهم جلسوا ليستريحوا، ولكنَّهم بدؤوا ينظرون إلى تلك العرَّافة لوبيتا، فيبدو أنَّها هي اللغز الحقيقي في كلِّ هذه الرحلة، فقال لها جان:

- ما حكايتُكِ أيَّتها العرَّافة؟! هل كنتِ تتسلِّين باللعب معنا؟! فأنا لَم أمُت.

تنفَّسَت لوبيتا الصعداء، وابتسمَت وقالت:

- لَم تكن صدفة أن أقابِل روجرز، ولَم تكن صدفة أن أهديه القلادة التي كانت على رقبته، لقد كنتُ أعرف أنَّه خائن.

فقال ريتشارد بتعجُّب:

- ولكن مَن الذي قام بتكسير البيضة؟

فأجابَت سارة بالنِّيابة عنها:

- هي مَن كسرَتها، لقد قامت لوبيتا بكسرها، لتؤكِّد لروجرز أنَّه بعيد عن الشُّبهات.

فابتسمَت لوبيتا تأييدًا لحديث سارة وقالت:

- وعندما قالت ماريا الجملة، كنتُ أعلم أنَّه استطاع قراءتها، ولكن كان يجب أن أنتظر حتَّى يحدث ما حدث.

فسألها جان في حيرة:

- ولكن ماذا عن جملة أنَّني سأكون على بُعد خطوات مِن موتي؟

فقالت لوبيتا وهي تضحك لأوَّل مرَّة بهذا الشكل:
- لقد كنتُ أقصد موت شخصيَّتك كـ (جان) القائد، فأنتَ بعد هذه المهمَّة ستتقاعد، وفي الغالب سوف تتزوَّج، ولكنّي لن أستطيع الإفصاح عن المرأة التي ستتزوَّجها، فهذا هو الأمر الوحيد الذي أجهله.
ثمَّ ابتسمَت في خجل، وابتسم هو بِدَوره وكأنَّه لَم يبتسم مِن قَبل.

النهاية